自然之友

新英格兰鸟类和花卉的故事

经典自然
随笔

The Friendship
of
Nature

[英] 梅布尔·奥斯古德·赖特／著

余霞　唐跃勤／译

四川人民出版社

图书在版编目（CIP）数据

自然之友：新英格兰鸟类和花卉的故事/（英）梅布尔·奥斯古德·赖特著；余霞，唐跃勤译. —成都：四川人民出版社，2020.5（2021.4 重印）

ISBN 978−7−220−11837−1

Ⅰ.①自… Ⅱ.①梅… ②余… ③唐… Ⅲ.①散文集－英国－近代 Ⅳ.①I561.65

中国版本图书馆 CIP 数据核字（2020）第 056857 号

ZIRAN ZHIYOU：XIN YINGGELAN NIAOLEI HE HUAHUI DE GUSHI

自然之友：新英格兰鸟类和花卉的故事

［英］梅布尔·奥斯古德·赖特　著

余霞　唐跃勤　译

策划组稿	张春晓
责任编辑	张春晓
翻译统筹	刘荣跃
封面设计	张　科
版式设计	张迪茗
责任校对	韩　华
责任印制	祝　健
出版发行	四川人民出版社（成都市槐树街 2 号）
网　址	http://www.scpph.com
E-mail	scrmcbs@sina.com
新浪微博	@四川人民出版社
微信公众号	四川人民出版社
发行部业务电话	（028）86259624　86259453
防盗版举报电话	（028）86259624
照　排	四川胜翔数码印务设计有限公司
印　刷	成都国图广告印务有限公司
成品尺寸	130mm×185mm
印　张	6.25
字　数	88 千
版　次	2020 年 5 月第 1 版
印　次	2021 年 4 月第 2 次印刷
书　号	ISBN 978−7−220−11837−1
定　价	36.00 元

目 录

卷　首

六月，牛眼雏菊在影影绰绰的幽谷里随着阳光婆娑起舞，鸢尾属植物在杂草丛中轻盈地跳着小步舞曲。

"六月，牛眼雏菊在影影绰绰的幽谷里随着阳光婆娑起舞，
鸢尾属植物在杂草丛中轻盈地跳着小步舞曲。"

新英格兰的五月

\\\\\\\\

那是五月，那是我梦寐以求的。

——《罗斯特的传奇故事》

你知道月份的故事吗，你听过古波西米亚的这个传说吗？永不熄灭的篝火旁，坐着12个沉默的男人，每人手里都拿着一件东西。其中，三个男人的斗篷像雪一样白，三个像春柳一样绿，三个像成熟的谷物一样金黄，三个像葡萄酒一样殷红。永不熄灭的火象征着太阳，每个沉默的男人象征着一年中的一个月份。每个人轮流用他手中的物品挑动篝火。每个都有他的工作时间，如果一个月应该睡觉了，转身去睡就好了。随后，雪花飞舞，要么给本应生气盎然的春天带来万物凋零，要么给本应硕果累累的秋天带来干旱枯萎。今年，四月睡过了头，三月粗暴地推搡着五月，五月手忙脚乱地接替了四月的任务，而把自己的任务推迟到了六月。

在新英格兰，我们没有自然历法，没有严格的季节或者生长节气。气候反复无常，任性怪异，无视常规，使诗人们对气候的描述相互矛盾，相互抵触。每一年花开预示着春天的到来，但有些时候，春花也许会懒懒地迟迟不愿露脸。九月下旬，布莱恩特在贫瘠荒芜的田野上，孤零零地播种着流苏龙胆，随后再种下红花半边莲。

花园里，凌厉的冷风从北方吹来，那里还是冰天雪地，云朵低垂。五月的一天，一只猫鹊在凉亭里婉转鸣叫。一条很久很久以前就有的乡间小道，道路分岔很多，每一个来到这里的人都会走出一条新的小道。草地上开满了蒲公英，金黄黄的，就像大自然的一张邮票；白色的水仙花也伸展着婀娜的腰肢，紧贴着草地，微风吹过，随风摇曳。金银花的叶子还泛着黄，灌木丛还光秃秃的，只有连翘刚刚冒出新芽。

在一片荒芜中，深绿色的松树显得格外耀眼，一对乌鸦正在一棵松树上筑巢，来来回回地运着筑巢的材料，出于不信任的天性，不时前后窥视。松树下隐蔽的角落里，盛开着一片片健硕的紫罗兰：有祖母珍爱的小小的白色紫罗兰，有英国花园胡同独有的暗紫色紫罗兰，还有俄国大草原上的三色堇。它们笑傲严酷寒冬，尽情绽放。在阳光稀少的地方，樱草刚刚冒出新芽，一束黄色玫瑰和托利夫人花在温暖的树篱下悄悄开放。这片树篱下，每个季节都栖息着无数的鸟儿。听！画眉鸟，也叫威尔逊画眉，它率先鸣叫了起来，一边断断续续啼叫着，一边急急忙忙地冲进了它的小巢。石头墙上阳光照射的地方，一串串风信子沉甸甸地挂在墙上，与色彩丰富的球茎植物竞相媲美。成群的蜜蜂围着花儿不停地亲吻。如果你想学习色彩，就应该驻步停留，多看看这些三色紫罗兰，它们像一群善良的男孩，色彩斑驳，竞相争艳。奇怪的是，我们很少在花市上或花展上看到这些最美丽的品种。培育花的人更加注重花朵的大小，忽略了花儿宝石般的特质。这里的花儿颜色纯正，纹理清晰，表现力丰富，有的像滑稽丑角，有的沉稳冷静，有的风情万种，好像不断地杂交使它们具有了人类的智慧。

健硕的玫瑰上还没有一片叶子，甜甜的豌豆芽才刚刚破土而出。冬天还没退去，花园里还枯枝横叉，而鹪鹩已开始清理和筹建自己的窝巢了。鸟儿不喜欢花朵，气候对它们影响不大，食物缺乏是个大问题，候鸟已飞往南方，如果有足够的幼虫和浆果，它们还是很乐意待在这里。鹪鹩可能是花园里生存能力最强的一种鸟，它们有时是欢快悠扬的歌手，有时是勤俭持家的能手，有时又像卫生局人员一样去清理它们的住所。它们容不得舒适的小窝里有任何脏东西，它们用简单而全面的策划就能使小窝的排水达到尽善尽美。

穿过花园，来到草地，传来阵阵鸟儿的歌唱，像音乐一样迎接你，有独奏，有四重奏，还有大合唱。活泼的鸣禽首领：金冠画眉引吭高歌："喔吱—喔吱—喔吱！"越唱越响亮。这是研究鸟类的时间和季节，它们的新羽毛刚刚长出，最能体现出它们的特点，它们纵情唱出爱情的第一个音符。最令人费解的是它们羽毛的变化；不仅许多物种的雄性和雌性的羽毛完全不同，而且雄性在繁殖季节后羽毛会有很大变化，雏鸟的羽毛一半像父亲，一半像母亲。食米鸟，活泼的知更鸟，它穿着光滑的黑色外套，上面点缀着白色和淡黄色，在低洼地十分显眼。五月和六月时，它是美妙绝伦但又语无伦次的歌手，但到了八月，它却变得沉默寡言。这时，它的羽毛变成了沉静的棕色，猎手知道这正是他杀戮的芦苇鸟吗？

每天都有新的歌手到来，有些只是过路的候鸟，有些则留了下来。路旁的灌木丛里到处都是叽叽喳喳的客人。一会儿是美洲小燕子，它唱着哀怨的歌；一会儿是它弟弟菲比鸟，它的歌声婉转悠扬，它年复一年在门廊下建立自己的巢穴。牧场上，褐斑翅麻雀在为它的鸟巢一点一点收集羽毛和细枝。幽谷里的清泉吸引了它们，它们沐浴饮水时，我们可以用望远镜很容易地区分它们的特点。知更鸟已经用一个星期来筑巢了，在高高的山核桃树上，金翅啄木鸟和松鼠正在大声争吵，都说那个巢是自己的。麻雀部落正在大规模涌现，白喉带鹀披着棕灰色的羽毛，头顶着白色条纹的冠，也叫白额麻雀。如果你抬头看，会看到迷人的小女高音歌手——歌雀。它是大自然的号手，它叫醒了三月的桤木，对着秋天里燃烧的火苗叫着"熄灯了！熄灯了！"红褐色的狐狸麻雀，家族里最大个儿的鸟，昨天还在清泉畔饮水，今天已经飞到了北方。

河岸那边，阳光斑驳地照在苔藓上。在去年的落叶间隙中，散散落落地生长着虎耳草、紫罗兰和白色的地钱草，下面是毛茸茸的蕨类植物，叶子瓣蕊还未展开。远处的树林里，杨梅正在逐渐衰落，留下芬芳的回忆。泉水的阴面生长着犬齿紫罗兰，阳面开满了沼泽金盏花，铺就成一条名副其实的黄金小道。一块平坦的岩石上几乎盖满了腐烂的树叶，瓦苇属植物在上面铺了一层蕨类地毯，小小的荷色牡丹——也叫荷兰人的马裤，孩子们叫它杂草丛。耧斗菜已经开始发芽，但天南星才刚刚破土。河岸上，水木依然矗立，粉红色的杜鹃花却死气沉沉。

一只黄褐色的红尾鸟，带有箭头斑点的乳房，害羞地穿过灌木丛，躲在矮灌木丛里，唱起了长笛般难忘的歌，这是隐士鸫。它的歌声就像：哦，斯帕尔！斯帕尔！哦，神圣！神圣！哦，清除！清除！哦，清理！清理！它一遍又一遍地重复着，直到看到我们，它才躲进灌木丛中。春天，空旷的地里，是画眉的兄弟褐嘲鸫，它肌肉发达，体格壮硕，胸部毛色斑斑点点，背部是锈褐色的，它直立着尾巴，在空中飞过时发出唧唧的响声。这是嘲鸫，与南部的知更鸟是一个家族，也是一个歌唱高手。

草地外面，密密麻麻的枫树沿河生长，冬天雾蒙蒙的灰色调在枫树的顶部消失，枫树顶被染成了红色。柳树呈现一片黄色，柳叶映满眼帘，白桦树显得严峻冷酷，只展开了它的穗，从树木、灌木和野蔷薇的生长状态就知道这是一月。今年春天，蓝知更鸟非常罕见。去年，一些金花鼠入侵了它们的住所，它们非常气愤。一些莺飞来飞去，用嫩枝或树皮上的昆虫喂养雏鸟。莺虽是微不足道的歌手，但有最绚丽的羽毛。整整一周，一群黑喉绿羽毛鸟出没在铁杉林中，它们金色和绿色的羽毛闪闪发光，使暗淡的树枝熠熠生辉。燕子掠过草地，昨天一只束带翠鸟高栖在河岸枯死的枫树上，一群松鸦在它周围尖叫争吵着。雪鸟、彩旗鸟、红胸币鸟、戴菊鸟，以及大多数猫头鹰族已飞去北方，只有小猫头鹰仍然在夏天的树林里忽闪着眼睛。远处黑色的云，低压在大栗树顶上，一群紫色白头翁在云间飞翔，空中盘旋的还有成群的乌鸦，其中还有红翅乌鸦。红翅乌鸦尖声啼鸣："喱—呵—嘞"，这是红翅沼泽乌鸦。

远处的草地上，杂草丛生，正好为云雀提供了干草丛，草地云雀用干草灵巧地筑巢，它的巢隐蔽安全，远离人类侵扰。云雀身披华丽的羽毛，大胆踱步。它的羽毛上面是深褐色的，侧面斑斑点点，翅膀有横向条纹，胸部是棕黄色的，月牙形的黑喉，黄色的腿，相比起来，其他的鸟就大大逊色了。

起风了，鸟儿们匆忙地飞往鸟巢，我们也该回家了。两英里外的树林被风吹得哗哗响，响声越来越清晰，越来越有节奏。豆大的雨点打在干枯的山毛榉树叶上，燃烧着的灌木丛的烟雾笼罩着春天，把草地也遮盖起来。壁炉里的原木熊熊燃烧，给我们一个热烈的欢迎，门廊里的温度计只比冰点高出十度。这是十一月吗？当然不是！十二个月中的其中一个月已经睡着了，所以才出现了这些奇妙的景象。这只是五月的序曲，古英格兰的五月天，我们看到了紫罗兰，看到了黄水仙，我们听到了画眉鸟在小道上歌唱：

"太阳对着天空歌唱，
风儿对着大海歌唱，
月亮对着夜晚歌唱。"
它们都在唱些什么呢？

果园繁花盛开

\\\\\\\\\

知更鸟与蓝鸟，百啭千声，婉转悠扬，

欢快喜悦溢满了繁花似锦的果园；

麻雀们叽叽喳喳，趾高气扬，

只因《圣经》里曾经提及它们。

——《基灵沃思的鸟儿》

"古老的果园"

　　瓢泼大雨接连下了一周，太阳终于冲破云层，照耀大地。西边云流攒动，绿草地上薄雾升腾，嫩叶在薄雾中探出头来。一只黄鹂高唱着歌儿闯了进来，好奇地问："是你吗？真的是你吗？你真的到了吗"草地上的云雀回答道："春天到了！春天到了！"

　　道路两旁绽放的花朵窃窃私语，把树林和小径变得生机盎然，朝气蓬勃。田野里小草蔓延，褪色的紫罗兰藏匿于其中，小草覆盖了它们，说道："请你们安心地睡会儿吧，我会保护你们的。"晚来了几周的谷类女神刻瑞斯突然惊醒，回到了她的工作岗位，好像果树女神波摩娜因为担心自己的收成，粗鲁地把她摇醒一样。花园里晚来的郁金香正在喷香吐艳，烂漫芬芳。奇花异草，花瓣纷飞，鹦鹉啼鸣。报春花色彩斑斓，五彩缤纷，花心是黄色的，从中间向外延展开来，从金黄色变为深红色。栀子花有"大喇叭"和"野鸡眼"之称，盛放的水仙花可以与其媲美——它们被称作诗人的水仙花。

山谷里漫山遍野的百合花也尽情沐浴在温柔的阳光下，一反它们惯常在树荫下当隐士的做法。紫色的丁香花紧靠着灰色的石墙透迤蔓延，花枝摇头晃脑地摇曳着，满载蜂蜜而归的蜜蜂，迷迷糊糊地落在了地上。今年，梨树、樱桃树和李子树不约而同地盛放，地上随处可见随风飘落的花瓣。

凝神远眺，越过田野，停在山顶，在这里，树梢与天空相遇。果园里苹果缀满了枝头，曙光女神奥罗拉的指尖颜色一会儿雪白如泡沫，一会儿绯红如玫瑰。花儿、鸟儿和人类就是一个三人组合，他们是盛开的果园中的典型代表，因为人住的地方总是靠近果园，果园里总是住有鸟儿。果园里，它们自由自在，无拘无束，没有猜忌，依赖彼此，就好像它们冥冥之中就认定了人类是它们的保护伞一样，然而，这其实违背了无情的自然法则。毛鸟在房子周边的花园筑起了巢，蔷薇丛中，或许那只流浪的雌鸟在人们不经意之间，在它们的巢里产下一只蛋。猫鹊会选择栖息在路边的紫丁香灌木丛里，一旦有人路过，它们就叽叽喳喳叫个不停。知更鸟会把它们的巢建在藤架上，或是筑在缠绕的藤蔓中。成群结对的麻雀会把它们的巢建在离地面很近的地方，也可能会建在灌木丛中或者树篱上，这样一来，它们就可以与周围的环境融为一体，就可以成功逃脱食雀鹰的魔爪。

但是如果你想跟鸟儿们打成一片，到果园里去吧！在古老的果园里，果树已经过了它们的"黄金时期"，正走向枯萎，树干弓腰驼背，长出许多树结。苔藓向北延伸，同一树干上的不同花朵标志着不同的嫁接物，藤蔓掩盖住了整个墙壁，散落下的树枝参差不齐，失去了它原有的动人光彩，形容枯槁。

马路对面的农舍旁边伫立着很多刚刚栽种的、经过精心修剪过的树苗，树干上刷了一层白白的石灰。天哪！过度的修剪会阻碍它们的生长，那些舒展的弯枝被修剪了，没有虫子来吸引鸟儿的食欲。这个古老的果园里，除了潜移默化，年复一年的腐朽蜕变之外，没有任何变化。一年又一年，红眼绿鹃和它的同族鸟类在树干上黄褐色的分支处筑鸟巢，对那些一直大胆窥视它们的小鸟说："你们会后悔的，你们会后悔的，你们一定会后悔这样做的。"那些黄色的鸟儿和那些黄黑相间，羽毛艳丽的鸟就像蓟上的花朵一样，悬挂在蓟茎上。整个夏天它们都聚集在一起筑巢，婉转啼鸣，它们的声音像极了野生金丝雀。那只头顶有着深红色条纹的神通广大的王鸟，正用尽全力追逐着蜜蜂，它一会儿一跃而上，一会儿又纵身跳下。那只有着粗壮脖子的黄嘴布谷鸟把头伸出来找毛毛虫的时候，身体会向后倾斜，它一直在那里"布谷，布谷，布谷"地叫个不停，叫声刺耳极了。此时，雪松鸟张开了蜡红色的翅膀，挡住了身体的羽毛，它把巢修得很深，而且温暖柔软，清新舒适。另外，它还盯着那满树的樱桃，心心念念的全是它们。在开阔的草丛上面有个鸟巢，这个鸟巢仅仅是用一些树枝堆筑而成，但是住在里面的鸟儿却十分欢喜："看我，看我，我不怕冬天，我不畏严寒。"红眼雀像雌鹪鹩一样，晃动着它的翅膀和尾巴，在灌木丛中跳来跳去。它的近亲红尾鸲，羽毛轻盈，轻松地抓住了一只小飞蛾。透过树的枝丫，我们还可以聆听到蓝色知更鸟在树枝间唱着忧伤哀怨的音调。胸前呈黄棕色的黄莺，如秋天的落叶，在空中扇动着翅膀。旁边有一棵古老的空心树，树干光秃秃的，上面住着白胸木燕。两只猫头鹰在墙角边窥探着一条蝰蛇，小蝰蛇舒展着躯体在石头上晒太阳，不时抬起头发出生气的声音，猫头鹰围绕着它在空中盘旋，时不时地用爪子去挠抓那只小蝰蛇。那只小蝰蛇本来正在冬眠中昏昏欲睡，没有弄清是怎么回事，无法施展它的能力，只好钻进了洞里。一只小土拨鼠的头从草丛中探了出来，闻了闻周围的气味，警惕地看了看四周，然后，小心翼翼地从草丛中溜了出来，沿着小路来到溪边，啜饮了几口清泉。花栗鼠和红松鼠在嬉戏玩闹，从这棵树蹦跳到那棵树，扒开多汁的果实，吃得不亦乐乎。有时，趁着其他小动物不注意，它们还会去掠夺无人看守的巢穴。静心享受，聆听鸟儿们悦耳动听的旋律，嗅到花儿的醉人芬芳，还有蜜蜂发出的鲜明的嗡嗡声。远处，一群奶牛悄然来到这片郁郁葱葱，铺青叠翠的草地，地上还有一个装着金黄色黄油的搅乳桶。

沿着花园和农场的小道前行，一路飘浮着果园的气息，这气味一直伴随着你，紧紧追随着你，在你的周围弥漫开来，久久不能散去。继续往前，你还会发现地上到处都留有轮子的痕迹，果园里到处生长着幼苗。不远处还有一棵山楂树，鸟儿们看到人们似乎愈发害羞起来，似乎在琢磨着什么，树林里的鸟儿好像有心事一般，似乎受到木鸟的情绪的影响。

树林里，一只天鹅绒花纹的画眉鸟警醒地站在树枝上，记得要放轻自己的脚步，只有这样，你才可以悄悄地通过这条路而不被它察觉。咱们瞧瞧在寒冷的冬天里，小路边灌木丛旁的那些植物是如何保持生机与活力的。野玫瑰和野荆棘的藤茎是红色的，杨梅树的皮呈蓝灰色，黄柳木的树皮呈橄榄黄色。那些沙地灌木丛的叶子长得高过杂草和荆棘丛，它们为此而感到自豪。尽管它们的叶子就像清晨的冰霜，转瞬即逝。篱笆下面，半开半闭的银莲花成团成簇，随风摇曳。它们是风的花朵，在风的季节里绽放花蕾。美洲天南星紧随其后，这些花儿如果生长在阴凉处则会苍白黯淡，纤细柔弱，如果在阳光充足之地，则会活力满满，生机勃勃，叶子也呈棕紫色。这些花儿若与所罗门的海豹相比，它们之间也有很多相似之处，这些花儿身上挂着像铃铛一样的绿色物体，而所罗门的海豹身上也有一个羽毛状的物体。河岸上一缕白光照耀在山茱萸上，阳光下的它姿态婀娜，娇艳欲滴。粉嫩的杜鹃花和完美无瑕的玫瑰花与山茱萸相互交织，花团锦簇，美不胜收。小溪蜿蜒而下，还时不时地有泡泡从水中冒出来。草地的边缘有几株矢车菊和一片白色紫罗兰。这时，在河边的土石上摇摆着辛辣的水田芥，它刚才还在左右摇晃，为了保持平衡，一会儿被河水淹没了，一会儿又裸露出它的根部。鸢尾花枝叶茂盛，旁边还有心形叶的梭鱼子草和熠熠闪光的慈姑草。喜好潮湿地域的各种蕨类植物成团成簇，各种紫茉莉属植物上的孢子叶正在逐渐褪色。

往林子深处走去，河岸变得陡峭起来，道路也变得蜿蜒曲折。穿过一条峡谷，来到了狭窄的河边，河水在石床上汩汩滔滔，奔流不息。这里不再是牧场。森林的庄严和肃穆是不可抗拒的：在这里，花儿和鸟儿的性格也发生了变化，就连明暗的对比也变得十分强烈。林子里面有很多月桂树，它们的叶子是不畏寒冬的。这周围还有很多其他的植物，比如角树、杨树、橡树、山核桃树、栗树、山毛榉和高耸的铁杉。挺拔的松树出现在眼前，它用尖利的松针刺穿了一朵霉菌。旁边还有一株北美百合科植物依偎着一棵冬青树，随风摇曳，这棵冬青还没有到开花时节。河旁边有一座废弃的磨坊，历经风霜，已经破旧不堪，一些石块脱落了，一些石块铺满了苔藓和蕨类植物。磨坊之下，河水淙淙流淌，欢快跳跃，穿过峡谷。河水上方有一棵由经过粗凿的树架起的一座桥，孩子们跨过这座桥，穿过树林，就可以抵达学校。随后，我们越过小河，向山上走去。

小山上，我们没有听到鸟儿的歌声。只见一棵被风吹得满目疮痍的松树，一只红鹰站在上面，找寻着它的猎物。山上的灌木丛寥寥无几，但是苔藓却比比皆是，而且，这些苔藓跟梅笠草的叶脉挨得很近。蕨类植物垂蔓在各种植物上。还有柔软脆弱的铁线蕨、敏感的球子蕨、为岩蕨、干草味的树蕨，还有羽毛状的铁角蕨。岩石和河岸的缝隙之间住着很多小动物，有黄鼠狼、水貂、臭鼬、浣熊，还有狐狸和一只大角猫头鹰。这只猫头鹰听到了动静，突然猛扑了一下，飞进了树林深处。土地就跟海绵似的，软绵绵的。地面上有很多松枝和苔藓，走在上面很容易打滑，但是，满地飘落的花瓣散发出一种新鲜血液的味道，甚是香甜。

铁杉树下面到处都是散落着的叶子，有宽扁的、有椭圆形的、有粗糙的，还有纵向棱纹的。你知道这些树什么时候枝繁叶茂吗？看那边，一个笔直的圆茎上挂着一个粉红色的脉囊，上面还可以看到很多长得像章鱼一样的绿色臂纹。这是杓兰，一种印度莫卡辛花，花店里的任何兰花都不能和它媲美。这些兰花原来在这里很常见，但是，像印第安人一样，随着文明的到来逐渐减少。人们每一次见到它们，就会像一群热带鸟一样停留在那里，我们满足地欣赏着，轻抚亲吻它们，而后离去，不经意间，我们将花儿们的避难所透露给了蜜蜂们。

我们回到了马路边。马路边的岩石在太阳的照射下发出了耀眼的光，岩石上闪着涓涓细流的湿气，石缝中还可以看到一簇簇猩红色的金枪鱼。我们是如何靠知识和想象力鉴别这些花朵的呢？如果没有充分的了解，它们是很难分辨的！金银花也可能被错认成耧斗菜、三叶草或是缠绕在门廊上的六月藤蔓。按照当地的叫法，红菱也可能是耧斗菜或者红色的铁线莲。结合科学定义和当地对耧斗菜的传统叫法，我们知道：在拉丁语中，耧斗菜表示花朵上的花瓣像鹰爪一般。耧斗菜这个词来自丑角的花哨帽子，表示花朵看上去非常像愚蠢的丑角帽子。耧斗菜还有一个意思是：它像一只鸽子，是圣灵的象征。在五旬节盛宴的火舌中降临，在鲜花满地的季节，在满怀爱心的老和尚手中代代相传。他们日日夜夜用弥撒和诵书来装点着花瓣的边缘。时至今日，五旬节来临时，我们仍然可以看见耧斗菜吐露着炽舌，绽放在新英格兰的灰岩上，继续传诵着圣灵的讯息。

"The home-going cattle"

"回家的牛"

老鹰飞走了，鸟儿又唱起了歌。水画眉、歌绿鹃的乐音婉转悠扬。牛儿也沿着道路从牧场慢慢回家，果园韵味缭绕。这芳香留在脑海里，留在记忆中，久久徘徊，不能散去。

珍贵如水画眉的孤独和歌声，它们抚慰平复着我们的心灵；珍贵如果园，如阳光，如归家的牛，它们的温暖感动着我们的心灵。红鹟飞上枝头引吭高歌，紫丁香倚在墙上，随风摇曳。黄鹂依然在榆树中盘旋，是鸟，还是花，还是云，还是万物的轮回？

玫瑰传奇故事

\\\\\\\\

我看见大自然孕育的最娇艳芬芳的花朵

那是一朵初绽的麝香玫瑰；

它是最先

在夏日吐露芬芳的玫瑰。

——济慈

"藤架上爬满了无数不知名的植物。"

曙光萦绕，渴望玫瑰色黎明的到来。裹挟着浓郁香气的轻风，化作露珠，融进土地。牛眼菊向身边的绿草俯下身子，叹息道："他爱，但爱的不是我。"树篱中，珊瑚色的喇叭形忍冬花吐露馨香，连精致华美的蜂鸟都为之停留。画眉鸟停止了歌唱，稍作歇息。接着，是黄昏麻雀的悠扬啼鸣，最后一段歌儿来自食米鸟，那是交谈声中的呢喃。随后，是棕夜鸫的袅袅余音，低沉的蛙声阵阵响起，打破了宁静。一只猫头鹰在空中盘旋。一弯细长的星月垂在西边的天空，慢慢隐退。夜晚，金星升了起来。

寂静的花园里，一片翡翠般碧绿的叶子中间，通体芬芳的花中皇后——六月的第一朵玫瑰，正缓缓地舒展花蕾。褐色的蛾子飞舞着，把喜讯传遍花园、田野和街巷。萤火虫的微光忽闪忽闪，它们伫立在树上，微光穿过沼泽，与其他萤火虫进行着遥远的交流，它们心中充满了喜悦。夜莺也通宵达旦地低声呢喃。

黎明时分，东边的天空好似五彩斑斓的猫眼石。天空的颜色不断变化，红黑相间的唐纳雀穿梭往来于树林之间，传递着讯息。刺歌雀将清脆的歌儿播撒在每一片田野里，高唱着森林中一年最重要的时刻的来临。第一朵玫瑰花盛开了。大地上，花朵和水果的体内都奔涌着玫瑰之血，它们纷纷宣告着自己和玫瑰的亲属关系。肥嘟嘟的、有着红润的麻脸草莓称自己是玫瑰的表亲；成熟的樱桃为李子、梨子和木梨代言。高高的黑莓茎挥舞着它们雪白的嫩枝以表敬意。松软的田野上，浮游生物背叛迟缓的溪流，水杨梅摇动着金黄色的花瓣，也高声喊着："还有我们！我们也是玫瑰的亲戚！"

随后，栖息在丛林青草间的吉卜赛家族唱响了它们的晨祷。棕顶雀鹀是指挥，哀鸽是女低音，隐士鸫、知更鸟、麻雀和食米鸟是女高音，黄鹂和棕林鸫是男高音，布谷鸟和北扑翅䴕用沙哑的歌声唱着低音部分。猫鹊戏谑地模仿着每一个音符，绿莺小声地祈祷："哦，听我说！听我说！圣·特里萨！"这是它们被筑巢弄皱鲜艳的羽毛之前，被灼热的七月的太阳晒得疲惫沉默之前，所唱的喜悦的赞歌，这是它们最完美的歌唱。

花声鸟语，是古老的语言。那时害羞的恋人间用花朵传达心意。少女们在自己的花园里耕作着，生活着，憧憬着未来。开花的扁桃树诉说着希望，风信子点着头宣誓将忠贞不渝，茁壮的疆南星热情奔放，雪白的罂粟花静静安睡，三色堇正在沉思冥想，飞燕草有点儿反复无常。但是，玫瑰花，无论是红色的，还是白色的，粉色的，还是黄色的、叠瓣的，抑或是单瓣的，都歌咏着爱情——一首由许多音符组成的神秘莫测、千变万化的旋律。

传说，年轻的丘比特曾经亲吻过一朵红玫瑰，并在它的心中播种下了爱情。哎呀！不巧玫瑰花瓣中正隐藏着一只蜜蜂，蜇伤了他的嘴唇。为了平息他的怒火，丘比特的母亲给他的弓上穿上一群蜜蜂，拔掉了蜜蜂的刺，并把刺安在玫瑰的花柄上，以示惩罚。因此，不管是爱情还是玫瑰都浑身带刺。

野玫瑰，象征着纯洁无瑕的爱情。她们如星星般点缀着还未修剪的田埂和堆满岩石的河畔，是野生植物群落里第一批盛开的花朵，比她们生长在沼泽里暗淡苍白的姐妹们更早开花，更不用提那些瘦小的、耐寒的沙漠玫瑰，她们此时甚至还未长出花蕾。四肢纤细的麝香玫瑰只在夜晚吐露沁人的芳香，她们的爱情变幻无常。粉色的少女玫瑰，浑身披着绿叶做成的华丽衣裳，说："如果你爱我，你就会知道我很爱你。"苔藓蓓蕾回答："我愿向你表白爱慕，倾述衷肠。"红白相间的旗帜玫瑰象征着战争，是为了纪念兰开斯特和约克之间的纷争。卡罗莱纳人呼喊着："爱情是危险的。"婚礼上被抛洒的纯白色婚礼玫瑰说："爱情是幸福的。"性感的大马士革玫瑰，是东方精油之母，只是应和着："爱，吾爱。"但是，重瓣玫瑰——忧伤的玫瑰，她的花瓣如同泪珠般滴滴落下，她轻声哀叹道："我的伤口愈合了。"有的人只见过冬天花店里人工蒸汽催开的玫瑰，他们没见过穷人的玫瑰，也没见过恋人的玫瑰。这些玫瑰是阳光、空气和露水送给人们的免费礼物，是大地奉献给六月的婚戒。

现在去花园吧，不要耽搁！当玫瑰和着露水一起被采摘时，是最甜美的，存留的时间也是最久的。昨天刚绽放的郁金香宛如金色的杯子，杯缘闪耀着熠熠光芒，桂竹香身上也混着泥土和阳光的馨香。短短几周之前，冷冽的空气中，我们采摘了樱草和紫罗兰。而今天的空气里却弥漫着慵懒的气息，热气在石子路上腾腾翻滚。看那鸢尾花丛，有的花瓣是鲜紫色的，外边镶着一圈淡紫色；有的则是黄色的，滚上一条深红色的花边；角落里，还有一簇洁白似雪的鸢尾花，点缀着贵族般的蓝色线条，这些线条如同血管一般，而且，她的雄蕊都是金色的。看哪，毛地黄的尖顶毛茸茸的，赢得了诸多雄蜂的青睐。耐寒的罂粟花不仅名字取自恶魔梅菲斯特，连衣着都和他如出一辙，在草丛边缘兀自燃烧着；旁边是大片康乃馨，洁白如雪，晶莹剔透，花瓣相互交错，层层叠叠。蓝色的、高挑的飞燕草，花茎就像是一只只蜜蜂，它们与其他花朵一起组成了花园的三重色。艳丽动人的牡丹，有红色的、深红色的，还有粉色的，它们可以在《巨人传》里的君主卡冈都亚面前以假乱真，假扮玫瑰。

漫山遍野的玫瑰花缀满每一寸土地，多得仿佛要扑入你的怀中。取一些玫瑰花装进你的篮子里、帽子里，和你那卷起的衣角里。即便如此，仍有许许多多的玫瑰花将花香四溢于大地。玫瑰花与那些一本正经，循规蹈矩，修剪得如同遮阳伞的树木不同，她们真实诚恳，枝丫层叠，枝叶洁净，花攒锦簇。向杰克将军玫瑰（一种红透的玫瑰）要一朵半开闭的花蕾，因为它的玫瑰们在火辣辣的阳光之下，很快就被灼伤得奄奄一息。这里有更深色的玫瑰花吗？唐布林博士玫瑰和泽维尔·奥利博士玫瑰，她们身着天鹅绒衣衫。卡米尔王子玫瑰则穿着深红色衣裳，花蕊是双瓣的。你也可以拥有粉色的玫瑰。没有哪一种玫瑰比深粉色玫瑰更娇艳多姿，优雅动人。这是保罗·尼伦玫瑰，但是它的花朵儿太大。玛歌汀的荣耀玫瑰的形状更美，安娜·代·狄塞巴奇玫瑰则是一个完美的球形。这里有粉红色的玫瑰花吗？这里有克莉丝汀船长玫瑰和银色皇后玫瑰。有花蕾了吗？粉色和白色的花蕾满目皆是。还有一些花蕾的花茎上没有一根刺，花瓣带有些许粉色，像极了一个卷曲的海贝壳。如果想看白色的花朵，就得找到普朗夫人玫瑰，她总是和风情白玫瑰较量谁的颜色更为纯净洁白。路过一朵波斯黄玫瑰，她那橘黄色的圆形花瓣并不那么好闻。采摘一些刺玫瑰吧，通常她们的叶子比花朵还要香。

　　篱笆上爬满了无数不知名的植物，它们是从更古朴的时代遗留下来的。那时，玫瑰花没有被冠以皇室的名字，总是被邻家繁茂的灌木阻碍了生长。这里还有肉桂玫瑰，她身披深褐色的树皮，盛开着暗红色的辛辣花瓣。还有来自普罗旺斯的红玫瑰，她身上长着层层叠叠的上百片叶子，密密麻麻的钩状花刺，她的花瓣则是著名的玫瑰蛋糕和花脯的原料。最后，还有黄色娇弱的野玫瑰，花刺如同片片苔藓，半开的花蕾惹人怜爱。

哥特式艺术是把从树木中获得的灵感运用到建筑中，大教堂墙壁上的窗棂被铸造成玫瑰花状，被称作"来自天堂的玫瑰"。其原因是透明光洁的玫瑰花瓣象征着备受祝福的灵魂。

谈及玫瑰，又有谁能不被勾起内心深处最温柔的回忆呢？也许你会回想起那片刺玫瑰花篱，上方被簇簇年深更久的花儿覆盖住了。孩子们在休憩的时间里和柔软的草地在一起，在田野里玩耍，把小花束系在柔软的青草上，在田野里编织玫瑰花环。也许也你会想起遥远的村舍，那里，蜜蜂整天围绕着蜂巢转，洁白透亮的茉莉花与爬藤古典玫瑰在茅草屋顶竞相生长。那里的生活是甜滋滋的，直到孩子长大，自己出去谋生，离别时刻的到来。

偶尔，古老的新英格兰花园里的花朵会在泪眼婆娑中朦胧绽放。一棵遮天蔽日的榆树遮蔽了栅门。房子披挂着黄白相间的橄榄叶。柱式门廊上摆放着窄窄的高背椅子。一只蜜蜂正在草原玫瑰花蕊中吸允。一条笔直的石板路通向大门，两边长满了香桃木和坚硬的芒草。篱笆边上倚靠着山梅花，草莓灌木丛和丁香花正在朝着树的方向伸展。南边的门廊旁摆放着盆栽的娇嫩植物，一盆夹竹桃和一盆橙子树。金黄色的金缕梅时而轻轻敲打着窗棂玻璃，它们在风中婆娑起舞，不时向窗内打探。

巨大的石头烟囱猛烈地向外喘着粗气，完全用不着烟囱管和瓦片的帮助。一群燕子也居住在这里，燕子们时而飞翔于高处，时而俯冲到鸟窝里，又盘旋直上，如同风之神。后门廊旁边坐落着一口井，井旁固定着长长的吊桶杆。这是一个被啤酒花和葡萄藤遮蔽的角落。下午，妇女们坐在这里做着针线活，与斜倚在篱笆上的邻居们拉拉家常。年轻人从花园里走出来，围裙里装满了玫瑰花叶。他们的母亲拿来一个蓝色的大罐子，听说是"祖父从中国带回来的"。罐子里溢满了甜蜜的百花香，外祖母读着书上的规定："采下六月刚刚成熟的玫瑰，两份；甩掉花瓣上的露水，加入初开的花蕾，两份；加入迷迭香和薰衣草的花瓣和叶子，各一份。在罐子里撒上一层又一层的盐巴，盖上盖子，直到盐巴吸干了花瓣的水分（三天即可），每天加入新鲜的玫瑰叶子，搅拌均匀。罐子里装了浸泡的叶子后，再加入龙涎香、安息香胶、多香果、桂蕾、一两颗麝香，以及四颗捣碎的香草豆。茉莉花油、紫罗兰油和玫瑰花油，各加一盎司，直到装满一加仑的罐子。"

一条两旁栽着黄杨树的小路通往花园的大门，大门半掩在忍冬花丛中。那里，新英格兰的节俭品格被美丽和原始的自然所取代。弹簧秋千搭建在石头中间。雪球花和锦带花丛几乎掩埋住了一棵倒下的苹果树，靛蓝色的小鸟曾在树上面筑巢。羽扇豆、阴地虎尾草、旱金莲、含羞草与茴香、百里香、芸香并排着蓬勃生长。樟脑草、萝卜和柔嫩的卷心莴苣生长在肥皂草、香豌豆、石竹和玫瑰的旁边。它们的根四处串生，和苔藓密集在阳光充足的地方，生机勃勃地繁衍。

也许你会回想起一段弥足珍贵的回忆。曾经收到的无刺玫瑰礼物，夏日与友人一起漫步的小路，精挑细选的玫瑰花，比如，克丽桑德送给洛泰尔的那一朵，那朵新娘玫瑰。

哦，六月宁静的白日涌入黑夜，短暂的黑夜之后又是新的一天！哦，六月的玫瑰，日日夜夜吸允着充满希望的爱情！近在星光满地，熠熠生辉的花园里，远在暗影灼灼，被漆黑森林覆盖的山坡上。风儿轻抚，弯着腰的野玫瑰抬起了她的荆棘冠，举过一座座孤坟，轻声说道："我灼伤了自己，治愈他人。"之后与夜鹰一起祈祷着。

大海的花园

\\\\\\\\

一望无际的沼泽地上，盛开的紫色花草

沐浴着灿烂的阳光。

——洛威尔

"一望无际的沼泽地上，盛开的紫色花草沐浴着灿烂的阳光。"

很久很久以前，海洋和陆地曾兵戎相见。陆地伸出一条胳膊故意阻拦海洋的去路，海洋因这沉默无声的宣战而艴然不悦，怒不可遏。海洋狂暴地冲上沙丘，那里，野草深深地扎根在吸附着浮游颗粒的土壤里。它携带着结晶盐，席卷草地，草地瞬时泡沫翻涌，它暴跳如雷，气势汹汹地涌到了小山下枝繁叶茂的树林里，直到把小山变成了岛屿，把土壤变作了僵硬的乌木软泥。

海风碰上了陆地的微风，它们在沼泽荒原的上空怒目相向，互相嘶吼，声嘶力竭地争执这片土地的归属权。在这片山头，十二个月份围坐在一起，召开了会议，聆听着双方的冲突。十二月抚摩着带霜的胡子，倚着手杖，下达了如下判决："这片土地，从此以后将不再属于任何一方。人们对这片土地的渴望将导致纷争。今后这片土地将产出的不是庄稼，而是美景，它们将成为大海的花园。陆地和海洋将协力打造这片土地：陆地的微风四处播撒各种各样的种子，海风用它丰饶的呼吸加速种子的萌发，太阳和雾气为粗糙的杂草浸染上最华美的色彩，黏泥哺育出有着彩色翅膀的蜻蜓，往返的候鸟当哨兵，常年守候着这片土地。如果人类试图耕作这片沼泽，海水就会来临，人们辛勤劳作的果实也将随着海洋的步子而逐渐消失。"

清晨，暖暖霞光映照在海面，使灯塔的光变得苍白。阳光下，夜晚的雾气渐微渐消，低矮的海岸显露而出，泛着黄铜一般的色泽。没有风儿的呼吸，没有一丝丝波澜，停泊的船只如同沉睡的天鹅一般宁静安稳。一名渔人灰色的风帆慵懒地悬挂在堆积的渔网上方，他沿着河流撑船上行，受惊的苍鹭仓皇地掉落在芦苇丛中。

陆地上，树木已经身披夏天的浓荫。它们低垂下身子，滴滴浓重的露水提炼出了刈过的田野的气息。海洋与陆地之间是一片沼泽，人们尝试着在各处搭建堤坝来阻挡海水，或者堆土筑路。然而，海水总是穿透他们的工事，推搡着，吞噬着，确保它的花园风景如画，如梦如幻，好似一年的十二个月份，它的花园镶嵌着各色美景。

土路从村子里向下延伸出来，秋天和春天，犁耙将土地翻起，翻转草皮的边缘，堆积成摇摇欲坠的王冠。

每年秋天犁田的时候，粗心的农人用他们的大镰刀将道路两旁明丽的花朵割去，裸露出光秃秃的篱笆。

笔直的道路经过低矮的茅屋和栽满洋葱的田地。道路两旁没有树木，没有飞鸟，只有乌鸦藏匿在毛蕊花的花梗后面，暗暗窥视，悄悄观察，直到几个农妇从茅屋内出来，用玉米粒喂鸡，才又躲藏起来。道路在一双栏杆前骤然停下，经由一个弯，猛然地转向内陆。这些栏杆处，耕作也停止了，所有劳作所带来的伤疤也消失了。延伸向远方的是一条凉爽狭窄的小路，马蹄和车轮轧印中间长着一道道青草。它邀请着人们心甘情愿地迈开步子。

这里没有篱笆，只有一道生机勃勃的屏障，因腐烂而裂开，现已垂柳成荫。沿着这条路再往下走是高大茁壮的漆树，而后是山核桃的嫩绿幼苗，银色的桦树和野樱树，时不时地还会瞧见成片的黄樟树或枫树的幼苗。野葡萄藤把所有的树木串联在一起，编制成了蓊蓊郁郁的叶墙，让花朵的芬芳弥漫空中，随风涤荡。唐松草顶端泡沫一般的草茎穿过粉红色的乳草，乳草的果实是蝴蝶们的食物。娇艳欲滴的野玫瑰，猩红色的花蕾多是粉色的，它们从肥沃的地里破土而出，给嗡嗡作响的大黄蜂撒上一层层金色的花粉。盛开已久的纯白色花蕾用它宽大的花瓣从不同角度映射着阳光，有着粗犷叶子的凤尾草沿着道路疯长。

小路旁边的高地梯田还未收割，田野里的麻雀在粗壮的草茎上手舞足蹈，唱着歌儿。迷宫般荆棘丛生的灌木丛中，一只黄胸巨莺正隐藏在那里，它的啼鸣像口技艺人一样抑扬顿挫，激越高昂，直到数十只鸟儿似乎都开始应和。莽撞的食米鸟急于在割草机使它们简陋的窝巢暴露出来前离去。似乎魔怔一般，它们时而高声歌唱，时而戛然而止，张开翅膀滑翔于空中，然后，一跃而起冲向天际，迸发出一阵阵高音——仿佛演唱着欢乐狂想曲。

小路更远处，黑色赤杨木树上响起警鸣声。树的上方盘旋着一只红翼的黑鸟，如轻骑兵般潇洒，它用尖厉的假声发出鸣叫，而它那铁锈色的伴侣紧张地飞进飞出。拨开灌木，你就会看见它们的窝巢，它们用弯曲的莎草束把鸟巢悬挂在草杆上。鸟巢深处柔软的凹陷处，藏着两枚带着茶褐色小斑点的浅蓝色鸟蛋，还有两只雏鸟。但现在，惊慌的父母唤醒了它们所有的亲朋好友，大约二十多只鸟同时飞上天空，惊声尖叫。

透过长着毛球的风箱树来看看靠海的一边。这儿是沼泽地，小路向下倾斜，穿行其中，直至融入到绿色的沼泽之中，再往前就没路可走了。你看见了什么？一片柔软温暖的绿色向着海洋延伸，一湾银色的海水，一层一层镶嵌在沼泽四周，用奇异的图案为这水平如镜的湖泊镶上了银边。深色的带状橡木生长在两边，你的眼前是一丛丛三重茅草，几株矮树的黑色轮廓映衬着天宇，而远处，船只穿过了金色的迷雾。只要在那待上一年，你一定会看到光谱中的所有颜色。现在的主宰色彩是紫色、棕色和黄色。它们融进了植物，给大地染上了不同色彩，直到水天相接，将它们融合。

穿过这座没有路径的花园，时而脚踩长满青草的小丘，以逃离黏稠的泥土；时而从风吹积起的沙土堆走过，以避免湿鞋。越过一簇簇的凤尾草，在齐腰深的蕨类植物丛中奋力挣扎着，但又要小心提防着深沟，因为弯着腰的芦苇掩盖住了溪流的渠道。菖蒲的扁平绿叶托起它锈色的铜。野草在脚边歪歪扭扭，掩盖住了布满软泥的土地，似乎是在诱捕着你。

刚迈出步子，旋花就用它螺旋状的勾爪紧紧地拽着你，那瑰色的花冠迎面上扬。远处，一片青郁葱茏，生机勃勃的黄色蓟草竖起了它的利刺，中间是小脸紧贴着地面的金梅草，闪闪烁烁，晶莹透亮。虽然，早已经过了蓝色鸢尾花盛放的季节，但是，它依然依偎在广袤的月见草身边，与淡蓝色夜来香成了闺蜜。

灌木旁边，蕨类植物和凤尾草与沼泽玫瑰和蓝莓厮混在了一起。一大片甜美可爱的淡紫色越来越近，细看才发现是大片星星点点的美须兰，它属于兰花的一种，密密麻麻地点缀在瘦弱的花茎上。它的花唇上长有柔软纤细的茸毛，有黄色的、白色的、紫色的。在草比较低矮的地方，盛开着曼妙绮丽的红珠兰，红珠兰花的外观看上去像是佩戴着流苏和顶饰，它也是一种兰花。鲜花遍野的草丛之中，麻雀们躲躲藏藏，蹦蹦跳跳地嬉戏玩耍着。万里晴空中，飘飘荡荡的云朵慵懒地投下了令人炫晕的影子，微风携着海洋的潮气，将盐粒留在了花唇上。美如今朝，亦如往昔。上个月，浅浅的新绿比现在更加明丽动人，随着时光的流淌，色彩渐渐加深，草木愈发葱茏苍翠。

冬季，冰霜覆盖了大地，成块的冰堆积在毫无生气的溪畔，早已花谢结子的芦苇和莎草在风中沙沙作响，将自己的影子清晰地刻印在雪地上。光秃秃的灌木，每根枝条都由冰晶联结，猫头鹰在枝头停歇。长满树木的小山上，靠近溪口的地方，老鹰高高地站在褴褛的橡树上四处张望。饥饿的乌鸦像剪影般掠过，海鸥发出了空洞的笑声，从海中掠取了一小口食物。落日余晖中，所有的景致都浸染上了一层微凉的紫色。

接着，随着春分而来的是迅速涨起的潮水，漫过岸边，冲走了霜冻设下的屏障。南边和东边的溪流友好和睦地汇集到一起，使沼泽成为一片巨大且不断上涌的湖泊。受欢迎的鱼鹰也随之而来，它带来对于美好事物的允诺：

她带给我们鱼儿，她带给我们春天，

美妙的时光，和煦的天气，温暖且丰饶。

鱼鹰在岸边拾聚着漂浮的树枝和海藻，它在冬季老鹰栖息过的同一棵树上搭建了一个宽阔的巢穴。而后，水位下降，鹭鸟飞来了，包括有红色胸脯的鹬鸟、金色的千鸟，还有沙锥鸟。绿色的麻鸦也飞来了，它在此处安了家，从泥土中努力挖出蜻蜓的幼虫，以此为食。茎叶繁茂的沼泽紫罗兰在草丛上荡漾，沙脊上绽放着一簇簇纯白色海滨李花，月桂树也抽出了它尖尖的叶片。

　　春天悄悄变成了夏天，陆地上的鸟儿把灌木丛装点得五彩斑斓，朝气蓬勃，欢声笑语不绝于耳。树木用浓密的叶子掩住了它们的身躯，大海的花园再一次繁花似锦，欣欣向荣。夜晚，天空反射着西面海水的清凉。晨曦，它又沐浴着烟波淼淼的雾。整个白天，海洋都千姿百态，变幻莫测。它有时吸允着阳光，将它们在海水中掩埋，有时堆积起愤怒的堡垒好似云层，又用万钧雷霆与它们取乐，将它们化作暴雨抛洒在沙堆上，而后又高高挂起一道彩虹。暗黑色的溪水使变幻着的景致更显深邃：雷云和闪电划破长空，彩虹搁浅在了铅色的大海，皎洁的满月，翱翔的雄鹰，忽闪忽闪的星星。伴随着七月的脚步，海洋薰衣草喷薄而出的花朵开遍了咸味的草地。新鲜甘甜的泉水与沼泽汇聚的地方，茅膏菜气味香甜，会捕捉苍蝇的叶子倚靠在猪笼草身边，在猪笼草那水分充足的捕虫笼中，粗心的昆虫会沉溺而亡。沙丘上，多刺的印度无花果绽放着黄色的花朵，因渴望热量而努力地挤压着沙土。芦苇们吞吐着火舌，根系很深的费城百合扬起了橘红色的花蕾，更靠近小路也更干燥的土壤中，加拿大百合垂挂着红色或黄色的花朵，花儿打着旋儿，好似一座座小小的佛塔。

八月，橙黄色的花朵铺满了大地。叶子满布的坚韧花茎上，黄色兰花竞相开放，流苏般的花须簇簇偎依，瑰丽的景致和鲜亮的色彩吸引了前来传粉的蜜蜂们，也吸引着女孩们来到这大海的花园探寻，她们为清新的空气着迷，为璀璨的阳光狂欢。山核桃树的树荫下，干燥的小山处，你会发现叶子与橡树叶子一样的假毛地黄，它仿佛是一位羞涩的隐者，绽放着带有异国情调的花朵，同花园里的吊钟柳和柔美的大岩桐相类似。八月，木槿花争奇斗艳，它的粉色花朵漫山遍野，深入沟渠，沿着小道，之字形一路穿越草地，微微红光洒遍了沼泽。太阳花戴着沉重的金色花冠，疲惫而艰难地生长着。小路两旁的沟渠中，桤叶树丛开着火红色的花朵，白色的铁线莲穿插其间。四处蔓延的海石竹色彩与锦葵相同，娇弱的假毛地黄更是如此。

退去的潮水使溪流的堤岸裸露而出，一艘慵懒漂荡的船只里，捕蟹人在浅滩搜寻着，他的网兜举得很低，眼睛盯着下方横着爬行的动物的影子。沼泽中的小岛上，割草的农民正在割下粗糙的，带着咸味的牧草。他们把草堆放在驳船上，潮起时，再沿着水路缓慢向内陆漂浮，就像某种奇异的货运马车，如同在荷兰农田间沿着堤岸滑行的马车，车上高高堆积着花朵和农产品，这里只是将马匹换成了棕色的风帆而已。

九月的狂风点燃了秋天的火焰，红色、黄色和紫色的花朵抓住最后的时光竞相盛放。短小坚硬的秋草染上黄色的色调，在割去了牧草的沼泽中更接近于棕色，秋麒麟草取代了野玫瑰、兰花和锦葵的位置。一枝枝矮百合以及各种各样的紫苑菊使田野和小路溢满了紫色，在那里有着深红色茎叶、果实累累的果柄莓和光滑似釉的漆树叶子正在互相竞争。弗吉尼亚爬山虎用猩红包裹了最高的树木。四下里，仿佛毫不吝惜地燃烧着沼泽和小路的美丽一般，鲜红似火的野玫瑰沿着棕色的牧草蔓延。枫树和漆树，黄樟和橡树逐渐熄灭，余下如烟灰般色调的铁线莲，暗黄色的火焰吞噬着凤尾草和野草。

而后，野鸭聚集在一起，秋天的风暴来临之前，低飞的千鸟被躲藏在芦苇丛中的枪手射落，换过毛的棕色食米鸟不再高歌，也被抢手冷酷地射杀了。东风呼啸，引来了潮水，将海草拍打冲刷到了沙地上，倾盆大雨笼罩着沼泽。锋利的帆船撕破了清晨的灰雾，疲倦的大雁在此停歇。白天渐渐变短，很快就日落了。来自北方的北极光触摸着钢蓝的夜色。霜花盛放，装点了树叶，人们来割下了莎草，这是沼泽最后的产出。美景依然萦绕，海洋正和它的花园呢喃着，用海妖般的声音欢迎回来越冬的海鸟。

渔夫在夜色中航行，一手握着火炬，一手准备好了渔叉。他高声呼喊着，然后静静听着。上方的空气回应着鸟儿们振翅的拍打声，候鸟像是永远不知疲倦的哨兵，成群而行，结队飞行。

夏日之歌

\\\\\\\

烈日当空！骄阳似火！赤日炎炎！

尽情释放你的热情吧！伟大的太阳啊！

我们沐浴着阳光，我们与你同在。

——沃尔特·惠特曼

"金冠画眉醒来，叽叽喳喳地吵闹着，河边的树丛中回荡着它们的阵阵鸣叫声。"

南风穿过了树篱下的甜豌豆与树林之间的缝隙，轻轻吹拂着木犀草。芦苇在河边翩翩起舞，随风摇曳的金黄色草地里，百合花们用青铜色的唇舌高声呼喊着，宣告了盛夏的到来。公历的夏至算不上是太阳神的日子，也并不属于施洗者圣·约翰节。这天，旧时代的英国人用圣·约翰草和绿色的树叶来装饰门厅。用稻草捆绑着轮子滚到附近的山坡上，然后把它点燃，从山上滚落，用于消灾除难和记录日落。但是，七月中旬，新英格兰正处于仲夏时节，还需要很长一段时间，六月的初次萌芽才会生长到九月的成熟果实。

天空和大地被阴霾笼罩着，空气中缭绕着一股股热气。门廊被阴影覆盖着，感觉不到一丝空气！两只狗儿气喘吁吁地瘫倒在地。本·昂卡斯，一只圣·伯纳德狗，它热爱寒冷和冰雪，向往河流。而柯林，一只老狗，它心里想着蕨类植物葱郁的地方，兔子通常躲藏在那里。

我们一起沐浴着灿烂的阳光，夏天的热浪层层环绕在周围，我们感受着脚下滚烫的大地的脉搏，心脏与夏天的怦怦心跳一起律动。春天是个躁动不安的季节，是交配与播种希望的季节。树液流进了树干，河水疯狂地翻腾。然而，夏天却披上了罂粟花的华丽斗篷，给人们带去了静谧祥和。

我们站在阳光下，倾听着，犹豫着，风儿低声呢喃着，如同在向人们传递着诱人的讯息。树木呼唤着我们到它的树荫下乘凉，引领我们发掘鸟儿的秘密，让我们在它那带有青苔的树干上小憩，聆听溪流潺潺，乐音袅袅，好似它在拨动着琴弦，为我们唱着一曲夏日之歌。因此，我们每个仲夏都会出游，狗儿好像侦察兵走在我们前面，为我们侦察周围的环境。

沿路的杂草和花朵重叠交织在一起，出游闲逛的人们将农夫从田地里扔出来不要的蔬菜瓜果当宝贝捡了起来。黄色星星般的圣·约翰草沿着小径一路生长。满是灰尘的牛蒡草上挂满了灰尘扑扑的蜘蛛网，网里塞满了蛾毛蕊花，野胡萝卜在枯萎的北欧阔叶草棕色的茎叶上播撒下了它们轻薄的、伞形的花絮。黄色的三叶草携着清新的绿叶匍匐前进，蔓延开来，铺满了整片草地，让纯白恬静的三叶草从田野里悄悄溜了出来。黄色的蟾蜍亚麻或者鸡蛋黄色，或黄油色，皆为花园巨龙的表亲，它密密麻麻，攀爬上石堆，缠结着蔓生的黑莓藤蔓，繁盛的叶子下面是成熟的、甜美的、涩涩的果实。我们品尝着果实的鲜美，吮吸着紫色的夏日佳酿，微醺于夏日的美酒，沉醉于大自然的美妙的旋律，与大自然融为一体。

森林里，传来一阵银铃般清脆的鸟鸣声，成熟的蓟上栖息着一群黄色的鸟儿，它们不畏多刺的茎，为了播种和繁衍，在树丫上筑巢。一只灰色的鸟已经在这里待了很长时间，但它还是在等待着果子成熟来喂养孩子。"啾，啾，啾！瞧瞧我！"它欢唱着，而后，隆起胸前的金色羽毛，张开黑色翅膀，掠过水面，快速飞到它腼腆害羞的橄榄色羽毛伴侣身边，轻轻地吹着口哨，"来吧！来吧！我爱你！"

沿路蜿蜒着粗糙的石墙，我们绕过牧场，穿过纵横交叉的田野和杂草漫生的树林。花栗鼠在树林杂草间乱窜，撩起一根树枝，掀翻了鸟巢，接着又躲过了愤怒小鸟的追逐。田里笔直的牛草已经播撒下它们的种子。我们听到了割草机所发出的咔哒声，草从割草机顶部翻倒出来，侧倾成线状，这节省了农民大量的劳动力，即使是用镰刀割草也有优美的律动声。

山坡上，黑麦长长的脑袋在闪闪发光的茎上摇曳着，微风轻拂着金色麦浪，麦浪滚滚，仿佛一首乐曲从耳边拂过。似乎是潘①在轻轻吹着他那麦秆制的乐器，奏出欢快的丰收之曲前奏。黑麦长着锋利的芒，麦田前面有一片玉米地，粉紫色的玉米芯垂下来，和它的黄花混在一起。鸟儿们在附近的树林和灌木丛中静静等候着，耐心等待着正午的沉寂，那时，它们可以来拾一些麦穗。

麦田的背后，圆形的小丘上生长着一株繁花盛开的栗树。白天，羽毛状的花蕊紧闭，遮挡了阳光，闭住了花儿的芬芳。栗树繁茂的叶子瑟瑟抖动，在阳光下烁烁闪闪。黑眼苏珊花身着暖和的黄色长袍，像快乐的印第安小孩，满上遍野嬉戏。摇头晃脑的蓝色风铃草栖息在道路两旁，风铃草是半野生植物，它们从花园里蔓生出来，装点着道路和田野。它们许多年前就离开了花园，现在，似乎完全融入了周围的环境，但实际上，它们是很适合种植在花园里的。

草本植物的气味在道路周围不到 20 步的距离弥漫

---

① 潘，希腊神话中半人半羊的山林和畜牧神。

开来，有甜薄荷、猫薄荷、野生百里香、西洋蓍草、甘菊三色堇。这些看似简单的草，在乡下，把它们挂在房椽上，或泡水冲茶，可以祛病除痛。从过去到现在，即使是在科学领域，大家将薄荷叶泡在茶里，只要轻轻抿一口，烦恼便烟消云散。如今，经过蒸馏和萃取之后，它已用于舒缓神经，名叫薄荷脑。咀嚼冬日的绿薄荷叶可以治疗风湿病，它的拉丁语名为白株树属。但在这盛夏的时节，我们不需要去痛药物。血管中的血液在阳光下也变得舒缓了，血管壁也变得清澈起来了。今天，就让时光静止，让我们在盛夏的梦幻中遐想。

洋蝗虫在空地上打着盹儿，我们穿过洋葱地的时候，惊扰了地上的影影绰绰。树下和灌木下的尘土被清扫得干干净净，尘土曾给养过树木，树木也曾遮蔽过尘土。篱笆外，一些倒在地上的榆树开始悄悄地腐烂。榆树根须繁茂，抢夺过多的土壤营养，而且又遮挡东面的光线，人们砍倒了榆树。深耕过的土地上，散落着不知从何而来的无用的石头，堆在腐败的树干之间，荨麻和虫子便开始滋生繁衍。

如果你顺应自然的规律，拥抱自然，从不强夺豪取，毫无贪念，那么自然将是最慷慨的女主人，她会毫无保留地倾其所有，悉数奉献。若是人们命令土地，"今年你应该收成这种庄稼或那种庄稼"，那么，这里将变成一片战场，大自然将与人类开战。

贫瘠的洋葱地是最后一块这样的土地了。早春时节，人们给土地松土，清除地上废弃的砖石，然后开始播种。若是当年的雨水并不丰沛，辛苦的劳作在新绿色刚刚冒出头的时候就开始了。清晨，土地还散发着新鲜的腐气，衣衫褴褛的孩子们就开始去拔野草了。地里满是做肥料的粪便，有时候也有一些妇女加入其中，他们弓着腰，缓缓前行，看上去可怜兮兮的。他们面朝土地，弓腰驼背，俯身缓缓前行，仿佛在向烈日祈求着之后的丰收。而太阳却漫不经心地炙烤着大地。日复一日，人们在土地上匍匐而行，面向黄土，像那些特拉普的僧人们，每天用双手为自己挖掘着坟墓。没有赏心悦目的花朵，没有清脆悠扬的鸟鸣，连乌鸦也离开了这片洋葱地。狗吐着长长的舌头，沿着墙小跑着。巴比松描绘的真实画卷，就是辛勤的劳作！弯道的钟声响起了，农民们结束了挥汗如雨的一天，工厂的汽笛宛如天使，敲响了新世纪的钟声。

随行的两只狗儿非常聪明，我们满头大汗，还在热得发颤的土地上专心劳作时，它们早已探寻到了路边的池塘，它们轰走鸟儿，追赶鹅群，跳进浅水里，喝水洗澡。我们又见到了层层密林，树叶在空中摇曳。更远处是土木香树和老洋槐树的河堤，那里青苔密布，直通树林深处。本弓着身子，使劲甩了甩身上的水，随后猛地冲进了幽深的野草丛中。它知道这条路通往河边，它了解这里每个乍暖还寒的初春，它今天肯定要整日自由自在地跳跃，狂野不羁地奔跑。

另一只狗柯林可以跟随田鼠的足迹，嗅到鸟儿的踪影，而人类是无法做到的。它年轻时，曾穿过田野，越过小溪，跨过河流，无处不去。现在它年纪大了，如果有栏杆，它就不再前行，它假装什么也嗅不到，不再做任何探索。它相信我们自己会选择一条容易的路，它只是紧紧跟随我们，抬头望望我们，用柔软的耳朵摩挲我们，它棕色的大眼睛望着我们，充满自信。它很聪明，早已忘了自己的年龄。现在，我们在草丛、野草、蕨类植物的迷宫中慢慢摸索着前进，穿过茂密的树林，来到枝繁叶茂，郁郁葱葱的大树前，丝丝清凉随风荡漾，带走了身上的燥热，犹如久旱逢甘霖，心头飘过悦耳的音乐一样。

灌木丛中杂生着矮雪松和小橡树，一条小径从高大的鹿角漆树丛中穿过，漆树伫立两旁，形成屏障，给红花配上了葱绿，有淡绿色的树叶，红茎的绿叶，配上浅浅的粉色花朵，还有细细长长的霜葡萄藤。土地变得湿润，高大的蕨类植物和肉桂厚实的叶子随风摇曳，一种和木香不太一样的香味缭绕四周。浓密的热带栀子花和千金子藤也映入了我们的眼帘。再向前走几步，就能看到一大片白色掩映下的灌木。我们在那里看到了沼泽杜鹃花，花蕊上有黏黏的花蜜。小河旁，经常有这类灌木丛，被来往的行人，或是牛群踩踏，盈盈盛放在阳光之下。但在这里，在午后的日光照耀过的淤泥里，植物们原生态地生长着，每朵花儿都自在地次第盛放。

高耸入云的树木延绵至山顶，较小的蕨类植物形成了灌木丛。头顶上是橡树和山毛榉，阳光下树影婆娑的白桦树随处可见，还有山茱萸、辣椒、黑荆棘，白杨树扭动着腰肢，平衡着它们奇形怪状的叶子，白杨树叶仿佛在兴奋地颤抖着。盛夏时分，走进树林，犹如进入了另一个神奇的世界，你会感到思绪飞扬，言语自如，感官敏捷。林间美妙的音律，树枝断裂的咔嚓声，枝丫折断的清脆声，树叶之间的拍打声，仿佛构成了树林独一无二的语言，将树木的生命与渴望娓娓道来。每种树都有自己的特点，给人以欢快、阴郁、力量、变化等不同的印象。没有人会用柳树做花冠来赠予胜利者，同样，也不会有人用橡树叶子编织花环馈赠给新娘。冬天的暴风雪把岩石冲到岸边，岩石上如壁画般长满了地衣。岩石中间是成簇的黑柄铁角蕨，伴随着下垂的树枝随风轻扬。我们登上了山顶，坐在柔软的苔藓上休息。阳光穿过树叶的间隙，我们举目眺望，四周是广袤无垠的野生森林，层层叠叠的树叶，纵横交错的枝干，这里是刀斧未曾到达、人类未曾涉足的原始之地。粗壮高大的栗树耸入云霄，树冠有四个分支，中间好像是填满了带着芒刺的种子，落入地里，再次生根发芽。树下，是大片蔓延舒展的苔藓。

夏日正在吟唱着正午的歌谣，我们倚着树安静地聆听，歌声仿佛充满了灵性，对着我们喃喃细语，娓娓诉说。树木茂密错叠，太阳光从宝石蓝的天空透射下来，蜘蛛网悠闲地飘荡着，织女神正香甜地午睡着。一只黑白相间的蜥蜴爬到一片阳光充裕的空地，蝗虫从蛹的背面破壳而出，爬到树根上，扑腾着翅膀慢慢前进。在这神秘变化的环境中，它的翅膀变得湿润无力。金冠画眉醒来，叽叽喳喳地吵闹着，河边的树丛中回荡着它们的阵阵鸣叫声。画眉鸟唱着歌儿，而后又安静了下来。树叶婆娑起舞，头顶的树枝仿佛有催眠的效果，让人昏昏欲睡，热浪正悄悄地在牧场上荡漾开来：

"沼泽边的犬吠，瑰丽的薄雾，

交织着自然界的丰饶，

热浪、水雾、旱海，

最后的视觉盛宴；

辛勤的劳作，阳光中的尘埃，

海岸线上的空中冲浪，

缥缈的江河口，熠熠闪烁，

打破沉寂的声响，掀起热浪，

这就是内海的盛夏；

阳光里的飞鸟，透明的翅膀，

晌午的猫头鹰，柔软的双翅，

宁静的田野，

无声的歌颂。"

梭罗

老树的呢喃，休憩是夏日午后的安眠。

微风复苏，影子携带着正午的疲惫，向东边投下。苔藓丛中飘来丝丝芳香，引导着我们找寻芳香的赠予者——是纤细的梅笠草发出的芳香。梅笠草成片地生长，从匍匐的根茎中萌芽，茎上长着茜草状的黑叶，上面有奶油状的花纹，花冠白色，花瓣下弯，有肉色雄蕊，花心是柳叶绿色。这是春天里最后一批生长在树林间的香花，它们在树荫下生机勃勃地生长着。谁能描述这沁人芳香呢？它是各种野生、辛辣的树木精华的结合，由秋天浸染的叶片，经过各种化学变化而变得精致醒目。层层叠叠，摇摇欲坠的褐色树叶背后，水晶兰没有了香味，洁白如雪的花朵尤其引人注目。水晶兰的花朵不能触摸，轻轻地一碰，花瓣就会变黑。这种植物是寄生在梅笠草之上的。

老赛特种猎狗柯林伸着懒腰，打着哈欠，但是它的同伴却活力满满，兴致勃勃，跑到河边，踏过甜蕨类的灌木，踩碎了枯枝，顾不上留意荆棘，在身后为我们留下一条可以继续前行的道路。方头蝰蛇正盘踞在树桩上晒太阳，毫无困意，这是条褐色和深棕色相间的蛇，上唇非常坚硬，具有攻击性。古老的恨意油然而生，伊甸园中，夏娃害怕被蛇所诱惑，谨慎而小心，好在亚当及时地用石头替代了《圣经》，砸中了蛇的头部。无论蛇是否有害，它总是被人们视作邪恶的象征。而蛇在鲜花和鸟类中间时，这种感觉就愈加强烈。

"一条充满了人间烟火的溪流，路旁和角落里隐隐约约传来磨轮的吱吱嘎嘎声。"

灌木丛又变化了，变得愈加粗犷。郁郁葱葱的草丛生机盎然，野生的白色绣线菊，毛刺芦苇，开花的莎草，有刺的宝石草，还有即将枯萎的草甸上掉落的草絮。我们拨开高大茂密的野草开路，边走边闻到了脚下踩碎的野草散发出的淡淡薄荷芳香。成群的蝴蝶在紫色的乳草上方翩翩起舞，穿梭在柳枝之间的河流晶莹剔透，闪闪发光。这条河不是一条交通要道，但却是一条充满了人间烟火的河流，路旁和角落里隐隐约约传来磨轮的吱吱嘎嘎声。河流里漂着几枝锯木厂的树皮，浮着几撮磨粉厂的泡沫。它全速冲击着鹅卵石，但在经过养殖着小梭鱼的池塘时便轻轻地放慢了脚步。小梭鱼躲在树影下，在水中轻轻游动。卷曲的树皮漂浮在河流中，一只歌雀在梳洗着羽毛，迎着潺潺的流水，唱着自己的歌谣。如果它乐意，可能会给我们讲述这条河流的故事。我们坐在河岸，看着它整理羽毛，和水花嬉戏，拍着水花，飞跃到荆棘上，婉转悠扬地吟唱着，它的心跳和歌声的节奏融为一体，将河流的潺潺深意也融进了自己的歌声之中。狗儿本在河水中半躺半游着，另一只狗柯林吸允着清新的空气，追忆着自己的青春时光。河水潺潺，流向柳树：

歌唱吧柳树，歌唱吧柳树，歌唱吧柳树。

有任何其他的树木能够如此清楚地唱出河流的意义么？它的名字本身就是乐曲，那姿态蹁跹的树枝，伴随着水波的旋律，摇曳荡漾。

整个下午，我们都在河岸。河水分流向前，在广袤开阔中追寻着自己别具一格的美丽。更深的河道仍在丛林中，在磨坊处汇聚。池塘的边缘密密麻麻地长满了各种花草，菟丝子捆住了灌木，心形的杂草开满紫色的花穗，一簇簇地倒映在水波之中，闭合的百合花或是将要闭上的花瓣，随着微风翩跹起舞。

翠鸟停留在磨坊旁的梧桐树上，它突然向下俯冲，倒影非常清晰，看起来像是在和水底的倒影嬉戏玩耍。太阳开始从山顶的雪松后落下，鸟儿接二连三地鸣叫起来，我们静坐在这片阴影里，云彩的颜色被吞噬了，泯灭了。趁我们不注意，两只狗儿已经悄悄溜回了家。阴影越来越长，忽明忽暗，水面上升腾起了层层薄雾。翅膀上有白色斑点的夜鹰盘旋在天空中，一呼百应。我们两人虔诚地等待着，在此情此景中静默着，宛如置身于过去和未来相遇的一片无垠之中。

银闪闪的小星星一颗接着一颗地闪现，在地平线上闪闪烁烁，蝙蝠低空飞翔，风儿轻拂柳树，池塘变得漆黑一片，呆滞无灵。我们静坐聆听，听着这夜幕中的歌曲。歌词在云端，在水面，悠长地回荡着：

夏日之歌，慵懒缠绵。

身披羽毛的哲学家

\\\\\\\\

你不能用手术刀探析诗人的灵魂，

也不能用手术刀洞悉鸟儿的歌声

——森林之歌

人类的国度是一小片土地，他们出生在地球母亲怀抱的襁褓之中。大地上树木成荫，郁郁葱葱，树叶随风舞蹈，姿态翩跹，为大地披上新衣，遮风挡雨。花儿沐浴着暖暖阳光竞相盛放，阴暗潮湿的小路边，生长着繁茂的蕨类植物，片片岩石上的地衣让这条小路显得愈发寂静。大地之上，支撑着一片晴空。晴空之中，徜徉着璀璨繁星，预示着四季的轮回。鸟儿们无处不在，它们在树丫间上蹿下跳，在大地上寻寻觅觅，在天空中自由飞翔。无论刮风下雨，还是酷暑严寒，无论成群结队，还是形单影只，它们总有自己的想法，它们总会有自己的情绪。当然，它们也有念念不忘的事情，它们会为了某个信念而激情满满。每天都有这样的鸟儿，从一月掠过草甸的幽灵般的白色猫头鹰，到盛夏里暮色中飞舞着的嗡嗡小鸟。

太阳从春分到秋分的旅程，标志着季节的变化。但是，鸟儿们却将季节变化带至我们眼前，直击我们心灵。通过鸟儿们的羽毛在不同季节的变化，歌声的变化，色彩的变化和它们的往来去留区分季节。鸟儿预示的季节比花儿更真实，因为花儿可能会被晚雪所埋藏，也有可能会被早霜所压断。取得羽毛兄弟的信任是一系列值得考验的行动。我们需要付出艰辛，去了解它们的生活方式和秘密，揣摩它们的特性和信条，最后获得它们的认可。

鸟类的特性研究超出了分类学的范畴，超越了对骨骼的研究，超越了手术刀的范围和显微镜的分析范围。我们了解到了它们中空的骨骼，它们的生理进化，能力和极限。我们也知道它们脆弱如寻常生物，但是，鸟儿总是好似一位天外来者。地球上的动物们会因为它们的身份和所处的境地而受到种种束缚，人类又何尝不是呢？尽管科学能引导我们，但是在航空导航方面也是极为有限。而鸟儿在某种程度上超越了地球引力，正如它的颂扬者米舍莱所说："它们感觉到自身的力量超越了它们行动的极限。"

万物的本能可能表现为性冲动行为或者带有遗传的印记，但是鸟类的大脑所表现的行为更加广泛。它们敏锐的意识和固定的哲思，往往比人类世界中所谓的习俗和道德要更胜一筹。

鸟类有语言吗？当然有，鸟儿之间是有共同语言的，有敏锐洞察力的人不仅可以从鸟儿的叫声中判断出它们是喜悦还是恐惧，也可以从鸟儿微妙的口技变化中辨别鸟儿的婉转情歌和声声斥责，它们能把要搜寻的鸟儿从巢穴中引诱出来。《瓦尔圣人》的编年史学家说：民间一直流传着这样的故事，传说鸟儿会反复重复着自己独特的话语，每个村庄都有人能够通晓鸟儿的语言，解释鸟儿的行为。他以守护这些知识为荣，直到临终之前，他才会把它透露给他最亲近的亲属。然而，将死之际如果他心中另有所系，那么，这个秘密就石沉大海了。

可能是出生之前的沉睡里，大自然的力量在它们白色的大脑上留下深深的印记，它们将潜移默化的感觉串联成了锐利敏捷的感知性。后来，待发育完整，它们会因大自然最轻微的触摸满心欢喜，激动不已。因此，从出生前的情况看，有些动物与空气如胶似漆，与大自然亲密无间，与万物生灵形影不离，你听！它们在说什么：

阳光、微风和清泉造就了我们；
大山支持着我们，溪流滋养着我们，
它们笑逐颜开，我们从中受益。

——兰道

即使对鸟儿的可贵品质或聪慧耳目漠不关心的人们，也会将其与征兆、警告、超自然力量联系在一起。传说，死神的肩上伫立着一只鸟儿，死神在人间游荡，鸟儿选中的目标便是将死之人。鸟儿会轻轻地敲击那个人的窗棂，如果人们因为大意或是恐惧而没有打开窗户收留鸟儿，死神便会在那天晚上到来。如果鸟儿被收留了，死神便会离开。

"敲开这扇窗户。"死神说道。

鸟儿在空中气喘吁吁地飞着：

人们给它喂食，友好相待，将它放生。

于是，死神便离开了。

甚至如今，当一只随风飞翔的鸟儿撞击玻璃时，人们也会因恐惧而颤抖，似笑非笑，害怕得如同看到一面镜子不停颤动而后碎裂一地一样。女黑人也是这种巫术的受害者。她眼神惶惶不安，以轻声微弱的声音讲述着这只拥有魔力的怪鸟。如果这只鸟被人们吃掉，它会在那人的身体里不停歌唱，揭露他的累累罪行。

有什么比一只笼中鸟绝望哀怨的神情更能体现人性

呢？它第一次歇斯底里，几乎疯狂却毫无作用地挣扎。它转头千方百计地寻找漏洞逃走，却徒劳无果。最后它归于沉寂，万念俱灰，悲痛欲绝。这类事情总让我心生怜悯，真想替它报仇雪恨。"我出不去了，噢不，我出不去了。"八哥哀号着，它徒劳地拉扯着笼子的铁丝网。我感觉，"我的情感从未像今天这样被轻柔地唤醒"。

我碰巧养过两只野鸟，它们展现出了决然不同的"人性"。它们用不同的方式表现对被束缚囚禁的深恶痛绝。寒风凛冽的圣诞夜，我从街头小贩那里买了两只鸟儿，唯一的愿望就是希望它们能够熬过冬季的天寒地冻，然后在春天里将它们放生。它们一只是英格兰金翅雀，另一只是黄雀。我给它们备好了笼子、水和食物，把它们放在光线柔和，和煦温柔的地方，以平复它们挣扎反抗的情绪。黄雀表现出一种拜伦式的反抗，它不甘于待在舒适的环境里，把笼子的铁丝都咬弯曲了，不吃不喝。第二天早晨，我发现它的头颅卡在笼子外面，它已经死了。那只金翅雀，我带它回家时，它愿意让我的手握住它身体的后半部直到爪子变暖，这样它就可以稳稳地站立在鸟笼里的枝条上了。它抖了抖羽毛，咂了口水，吃了一两粒豆子，开始梳理羽毛，慢慢松弛下来。

如果有羽毛受损，它会勇敢地将它拔出来，它恢复了自尊心。它整晚都把头插在翅膀下，舒适地安睡。

后来，它并没有表现出恐惧的迹象，每每我吹口哨时，它总会靠近笼子，张开嘴，发出轻柔的亲吻声。春天来临，我觉得如果就让它这样飞走，它一定会感到孤独，也许还会挨饿。这天阳光和煦，微风轻拂，我把鸟笼挂在矮树上，一声响动突然让它震惊，它转过身抬起头，穿过树叶看到昆虫发出了嗡嗡的声音，这声音仿佛唤醒了被它遗忘的记忆。它合上眼睛，扑棱着翅膀，闭着眼从笼里的栖息枝跌落下来。但是，我将它带回到室内，它很快就恢复了，元气满满，精神抖擞，欢喜雀跃，尽情地欢唱着。就这样，时光流转，转眼经年。

天空乌云密布，阴霾笼罩，单调乏味。大地冰雪覆盖，雪花掀开了天地之间笼罩的面纱，标志着四季更替的太阳不见了踪影。冬至到了吗？仅凭肉眼所见谁也说不准。狗狗柯林疑惑地抬起头，用它湿润的鼻子使劲嗅了嗅。黑头的山雀，黑白相间的彩旗鸟，还有石板色的灯芯草雀，都肆无忌惮地啄着柯林狗窝附近地上的面包屑。五子雀小心翼翼地叼起了小块面包屑到更安静的地方享用。柯林起身，蹑手蹑脚地走向云杉丛，脚步像猫一样沉稳，并且不时抖去脚上的雪。不知道它有没有听到交嘴雀抢松果的声音？可能没有。一群鸟儿看到柯林改变了方向，它停留在云杉前，收起爪子，竖起尾巴，停了下来。冬至到了吗？啊！柯林找到了答案。云杉上栖息着强健的雄性知更鸟，不同于严冬下垂死挣扎的鸟儿，它们能够预知即将来临的春天，也能根据候鸟的迁徙预测即将来临的危险。晦暗阴沉的天空和白雪皑皑的大地是冬天的真实写照，但是，鸟儿怦怦跳动的心脏仿佛给予我们丝丝温暖，当雪云散开时，我可以看见太阳向春分奔去。这时雪鹀会紧随白色的猫头鹰向北飞去。

　　天空再次灰蒙蒙的，暴风雨过后，森林、小溪、草地都被棕色的树叶杂乱地覆盖着。这到底是消逝的秋天，还是未苏醒的春天呢？天空中有一缕蓝色的裂缝，地上有蓝知更鸟落下的蔚蓝色羽毛，这是春天的信号，秋天它的翅膀颜色是锈色的。阴郁灰暗的天空再次将湛蓝晴天吞噬，蓝知更鸟的羽毛旁还有鹰落下的羽毛。是喜是悲？谁胜谁负？是鹰用暴力追捕知更鸟？还是知更鸟奋力逃脱？附近农场的鸡舍上，一只死鹰被风吹动，它的翅膀还在来回摇摆，似乎在发出警告。

四月初，两只知更鸟来到广场西边，打算在还没长出叶子的藤蔓上筑巢。这里早晨大雪纷飞，夜晚电闪雷鸣。来回往复，鸟儿们很受挫。但是，过了几天，它们又回到了筑巢的地方，最终搭建好了新的巢穴。一对鸟儿在小路上选择了它们中意的树枝，找了些长青枝筑巢。三个鸟巢都在显眼的地方，我每天都能看到鸟儿们来来回回，飞来飞去。雄鸟和雌鸟轮流孵蛋，并照顾着雏鸟。有一天晚上，我提着灯笼去观察这些鸟巢，我发现只有雌鸟在巢里，四周没有什么异样，却不见雄鸟的踪影。走近才发现，雄鸟停靠另一棵树上。这有点不寻常，通常其他鸟，如画眉鸟和猫鹊，雄性的鸟会待在鸟巢边，或待在离鸟巢很近的地方。

六月的夜，月光明亮皎洁，洒满一地。我在花园里散步，刚好走到了一棵松树旁，突然一阵骚动打破了夜晚的宁静，好像是什么鸟儿飞到树枝上。无奈光线暗淡，看不清它的踪迹。经过多次观察，我发现聚集在这里的鸟儿都是雄性，它们从日落后便齐聚在此，长达一个多小时，它的伴侣守卫巢穴时，它们便在这里安睡。

布拉德福德·托瑞详细地描述过这个特点，列举了许许多多有趣的细节，比如晚上有成百上千的知更鸟，从四面八方赶来汇聚到一起。它们聚集在花园里，这儿很多过客，看起来像是它们专有的聚集地或是一个很棒的俱乐部。直到七月初，鸟儿们会都像这样聚集，当许多新生命加入这个群体时，它们会短暂消失一段时间。

你注意到了黄鹂快速扑闪的翅膀、双脚和眼睛吗？它是火红色的鸟儿，巴尔的摩勋爵的彩旗。每到五月，它就扑棱雀跃于榆树丛中，寻找着坚固又柔软的树枝，搭建安全舒适的巢穴。选择适合的地方筑巢不是一件易事。上方要有伞状的枝叶，下方不能有小树枝，以免刮风时擦伤自己。

附近坐落着一座花园，榆树和山毛榉居多。花园一年四季绿草如茵，百花争艳，美轮美奂。初春可见金色的番红花，夏秋可见霜打菊花，而到了冬天，也可见兰花和蕨类植物。花园的主人与花为伴，观察天空征兆，聆听鸟儿的警告。他晚上打着灯笼巡查花园时，总会有很多的小飞蛾跟着。黄鹂很有思想，下面这个故事就是他告诉我的。

五月下旬，我再次见到三对黄鹂在花园的榆树上筑巢，它们偶尔会起冲突，互相厮打，叽叽喳喳地吵个不停。忽然间，一阵骚动，只见一只知更鸟给旁边的蓝色知更鸟、画眉鸟、麻雀发来警报。原来，树梢高处，雌黄莺俯冲时或是飞行时被卡住了脖子，正痛苦地哀号着。坐在旁边的三只雄鸟异常安静，而其他的鸟儿却焦躁不安，跑来跑去。雌鸟们哭泣着，徘徊在她们不幸的姐妹身边，试图拉拽它的尾巴将它解救出来，然而却无济于事，反而让它卡得更紧了。最后，一只风姿绰约的雄鸟冲向枝头，翅膀飞速抓住两边树杈，双脚拉牢奄奄一息的鸟儿，用喙拖着鸟儿的脖子，猛地一拉，才救出那只鸟儿。幸运的是，那只被困的鸟儿只掉了一些羽毛，并无大碍。

从料峭春寒到秋意深浓，鸟儿的颜色变化多端，不可端倪！三月份时，羽毛暗淡无光，四月份时羽毛光彩鲜亮。早春的鸟儿的羽毛比起树叶已生长时到来的鸟儿的羽毛要暗淡些。多么明智的自然母亲啊！鸟儿棕色或赤褐色的羽毛中间夹杂着一点天蓝和嫩绿。要不唐纳雀、黄鹂和红尾鸲怎么能在光秃秃的树枝中逃避猛禽追捕？金色的燕尾蝶和蓝色的蝴蝶，夹杂着蓝色和砖红色，同样，也用这个办法免遭攻击。太阳神阿波罗统治着炎炎夏日，鸟儿们的天敌都北上了，于是，它们便跟蜂鸟一起分享着这座花园。

蜂鸟躲在它们的巢里，更确切地说是隐藏起来了。它们把鸟巢和树枝固定在一起，把蕨毛和地衣紧紧地绑在一起，透过缝隙观察着外部环境。尽管鸟儿的数量很多，但是巢穴却很少，它们常常群居在一起。今年，我在一个山毛榉树枝上看见两只很小的蜂鸟，可能才破壳几天吧，完全看不出鸟儿的雏形。它们看起来就像是小黑豆，两周过后，它们便长出了乌黑亮丽的羽毛。

那些脖子上镶着红宝石般的羽毛的雄鸟便是鸟爸，它的后代长大了，它们又变成什么样了呢？整个七月到八月，鸟儿们都生活在花园里，成群结队地嬉戏打闹，享用着花园里的甜豌豆、康乃馨，还有日本百合花。我发现，自从幼鸟在这里筑巢以后，那些鸟爸就再没来过了。七月中旬，我正在凉亭旁边摆弄藤蔓，突然一群蜂鸟拥了过来。它们离我很近，我甚至可以用手触摸到它们。鸟儿们的本性是活跃的，可是现在却经常停靠在藤架上，还时不时用它们那打转的舌头舔着卷曲的叶子边缘的蚜虫。雏鸟们还羽翼未丰，羽毛的颜色都很像雌鸟，与其他婴儿期的鸟儿一样，与它们的母亲不同的是，它们缺乏耐力，缺乏柔韧，毫无畏惧。成年鸟儿很少飞落，我曾看见一只鸟儿晕乎乎地飞来，想落进巢穴，却边都没挨着。有时，一群鸟儿大概有三四十只小鸟。整个夏天，从黎明到黄昏，它们都在花园里寻寻觅觅，找寻食物，时而剧烈争吵，时而翩翩起舞，时而厮打成一团，黄昏时分，它们便去捕食飞蛾。九月来临，尽管天色阴沉，不时伴有狂风骤雨，但它们却显得异常兴奋。翌日清晨，很多鸟儿都成群结队地飞往南方，一些掉队的鸟儿会在十月陆续出发。

阳光明媚的七月，一只幼小的燕八哥出现在了藤架的上方，随之而来的还有一群蜂鸟和蝴蝶。它不是停靠在藤架上，而是果断坐在了上面，大概是想饱餐一顿，唯一听得见的是它的阵阵喘息声。它的下方，我发现了一个麻雀窝，窝里的鸟蛋似乎不是麻雀蛋。麻雀似乎很喜欢外来的幼鸟，从不排斥它们，反而细心照顾，正在踮起脚尖喂食。另一边，它们自己的雏鸟却又饥又渴地哭叫着。小燕八哥成为了麻雀中的一员，不过这是一件危险的事情，因为它会逐渐失去燕八哥的本能。自然界中，类似的悲剧屡见不鲜。

麻雀们似乎对新的巢穴不满，可能是新窝的颜色惊吓了它们，也可能是屋檐的坡度不方便它们进出吧！带干草棚的窗户也挡住了它们。几年后，鸟窝的颜色变暗，因为天气的原因变得脏兮兮的。干草棚上布满了虫蛹，干草被大风吹了下来，虫蛹便成为鸟儿的美餐。六月份，又来了一对鸟儿，它们对现成的窝很不满意，于是，冒险飞进另一个鸟巢，细细地对周围打量了一番，发现有一只啄木鸟在里面一动不动，仔细观察后决定在里面筑巢。第一天，它们用黏土和干稻草建造了支架。但是，第二天，由于光滑的木材使土的黏性降低，支架垮了，于是，这两只鸟又去重新寻找筑巢的材料。它们最终发现了一种古老的木材，非常坚固，外皮粗糙，可以把泥土黏得更紧，不怕散架。它们再次尝试，两天之后它们的新巢就竣工了。

八月初的一天，气候温暖，风和日丽，雏鸟的父母准备飞往别处，或者，它们父母是这样决定的。但是，雏鸟们对巢穴很是习惯和满意。这里环境优美，风景秀丽，鸟儿们都依依不舍，不愿离去，哄骗没用。于是，父母第二天便无情地把它们赶到了干草上，雏鸟还是又在那里待了两天。但是，似乎雏鸟还不会飞，也许是爪子和脚踝抽筋了（更为准确地说是踝节）。第三天，它们的父母叼着虫子在窗户旁边飞来飞去，引诱雏鸟。最终，经受不住美食诱惑，雏鸟飞到了窗台边，在那里挤在一起过了一夜。

第二天一早，狂风猛烈地拍打着窗户，显然此地不宜久留。在父母的鼓励声中，雏鸟被哄到了铁杉树的大树枝上，这是离窗户最近的一棵树。但铁杉树也不安全，只能做短暂停留。出来的四只雏鸟中有两只停靠在了粗壮稳固的树枝上，另外两只幼鸟抓住了弯曲的树枝，来回晃动，没有足够的抓握力量来恢复直立的姿态。一只鸟儿落在柔软的绿色枝条上，另一只鸟儿挂在了一堵粗糙的石墙上。成年鸟儿飞到高空，不停地唑唑尖叫。短短一两分钟，空中聚满了燕子，它们在挂在石墙上的雏鸟周围盘旋。我从没在这个季节，这个村庄见过如此多的燕子。雏鸟的父母在那些小家伙的上方来回盘旋，好像是为了吸引它们的注意力。鸟儿的父母飞得越来越近，雌鸟嘴里叼着一只飞蛾，雌鸟拼尽全力保护它的孩子。几分钟后，悬挂在树枝上的小鸟放开了抓握，转过身来，张开翅膀，轻轻地落在树枝下面，它舒服地安顿了下来。

挂在石墙上的鸟儿一动不动，它的头慢慢地垂了下来，盘旋的鸟儿鸣叫得愈发响亮。突然，叼着蝴蝶的鸟爸爸落在了出事地点，鸟妈妈也迅速飞了过去。不知是鸟父母把雏鸟推了上来呢，还是这突如其来的拉拽惊吓到了昏昏欲睡的鸟儿，我无从知晓。但刹那间，那只小鸟站立了起来，跟着父母飞进了灌木丛中。周围盘旋的燕子相互叽叽喳喳了一会儿，然后，飞向雾霭蒙蒙的阳光里，消失在天空。

　　谁能用科学解释这些现象？这些鸟儿的行为仅仅是出于它们的本能吗？如果不能，那么就应该勇敢地承认，这世上有很多事情是我们捉摸不透的。

宁静的大自然

\\\\\\\\\

大山舒展了眉头安睡着，

岩石和山巅都沉睡了，

高地和峡谷寂静了！

广袤万千的沼泽地缄默不语；

灌木丛下的野兽们蜷缩着，

蜜蜂在蜂房里

舒舒服服地躺着；

紫水晶般的海洋里鱼儿香甜地睡去，

鸟儿们把翅膀蜷曲起来盖在了额头上。

——阿尔克曼（埃德温·阿诺德译）

"鸟儿在深邃的水池中戏水玩耍。"

夜幕降临。声音如风儿一般轻柔，它们的送信者也渐行渐远。太阳消失之前敛起了它的热气，露珠闪烁着凉爽的寒意。紧接着，黄昏闯入了黑暗之中。暗影渐渐扩散开来，云朵的阴影飘浮在太阳的光辉之中，用它黏着的手指勾住了地平线。夜色旋律的暗影，松香弥漫的阴影，所有的阴影聚在一起把天空笼罩起来，夜晚来临了。

白日对于那些围绕着它的劳动者和享乐者来说瞬间即逝，所以它将会向夜晚借用时间。但是，夜晚也需要有自己的时间，睡梦中的大自然如同清醒着的大自然一样，都有着它自己的情绪和特质。繁忙的白日安眠了，星星从四周聚集在一起。寂静中，我们端详着地球母亲，凝神静听她的倾诉。在醒着的梦中，我们看到一幅幅图画，这是白日的画布上永远画不出的画卷。

白日是冷酷无情的，漫无边际的，它对万物强加它的想法和意志。一条道路通向另一条道路，并且，每一条道路都有它的分支。漫步在田野里，每一步都会遇见新的境遇，并且，有不同的想法驱使着你。森林中，你会被一片奇特的树叶引领着、一朵新开的花儿带领着和一块长满苔藓的石子指引着，而这些本身琐碎的东西却能牵扯起你无尽的思绪。鸟儿的飞行展开了一幕又一幕绮丽的画卷，直到你停止追逐，融入画中，大自然的力量吸纳了你，使你成为大自然的一员。美景在此时几乎变成了一种压迫，一种阳光的侵蚀。一种个人的渺小感和自卑感油然而生。我们怎么才能完全看清大自然？怎么才能处理好我们自己和它的关系，并且正确地去理解它、破译它？有太多的东西需要去观察，需要去钻研，奈何时光飞逝，光阴如水，岁月如梭。

　　夜晚到来了，夜幕笼罩着我们周围。地平线更近了，我们不再四处游荡，而是被困在夜幕之中，夜晚保护着我们。这是充满自信的时刻。迁徙的鸟儿向夜晚吐露着它们寂寞旅程的目的，沉睡的鸟儿用它们遮掩的翅膀加倍地描绘着黑暗。花儿千姿百态地打着瞌睡，人们在静谧的沉睡中让身体、精神和灵魂与大自然融为一体。人们的门外有着巨大的舞台，美妙的布景下一直上演着夜场戏剧。管弦乐队已准备就绪，光影、月光、北极光和深邃动人的冬日之星——人们只需要发挥想象力，这一切就会发生。

冬日夜晚的第一幅场景——世界就是窗外的那片天空。天空晴朗，星座们踱着步子，徜徉其中，云朵聚集时，天空又变得深邃幽远。如今，科学通过直线和角度来教给我们星星的位置，但是，对于那些从小就听着神话故事长大的人来说，太空更加生动，更加人性化。他们所看到的古老星图上面的人物被包围在白色的轮廓中，神秘而诱人。不是所有人都能成为实证科学家，但是，如果我们可以，天空可以帮助我们生存的地球。文字无法描绘大自然的深邃，但我们对星星的喜爱深存于心。

小阳春到春分这段时间，辽阔的天空之下美不胜收。昂宿星座的姐妹们用丝绸舞引领着银河系，毕宿五领头的金牛座跟随着猎户座，猎户座作为守夜人，带着他的腰带和棍子，穿着参宿四作为肩章。猎户座之下，大犬星座向后小跑着，拿着灯笼，把小天狼星夹在下颚处，跑向东方的双子座，双子座是一对行走在银河中的微笑的双胞胎。在北方的天空中，有尾巴的大熊星座直指北极星，西南面牧夫星座领着它的猎犬亚狄里安和查拉，驾驭着巨大的星群，用它的长矛北冕星座去触摸酒神巴克斯献给阿里阿德涅的王冠。

群星之下，整个世界似乎是封闭的，轮廓清晰，似乎是非物质的。清澈冰冷的天空很久以前曾是众神的领地。大地再次苏醒，轻轻地呼吸着，朦胧的雾霾笼罩着冬日的清澈，山林和畜牧神潘从梦中醒来，拿起了烟斗放到唇边，烟斗被雪堵住了，噼啪作响，这是沼泽的第一缕曙光。在这声响中，天空再次走近地球，成为地球的一部分。

走进三月的夜晚，狂风粗野地拍打着百叶窗。花园里有小块雪地，南边的篱笆下面有雪堆。金银花的叶子依然沙沙作响，似乎在讲述着它们在冬天幸免于从橡树和山毛榉身上落下的冰雹。柔嫩的花蕾初生，它们排除万难，奋力生长。枯萎的树叶簌簌落下，好似死亡的桎梏在永生之前坠落那样。

这声音似曾相识，与过去几个月里听到的声音几乎一样：树干和树枝折断的咔嚓声，麻雀在走廊屋檐的巢穴里蹦蹦跳跳，叽叽喳喳，也许猫头鹰正在年迈的老栗子树上瑟瑟发抖。然而，也有些许改变的感觉，空气的气味不同了，还有两种独特的声音。河流解冻了，哗啦啦冲向水闸，海洛德蛙正在暗中窥视。

白昼一到，连一只早起的蜜蜂都看不见。一个星期的时间，一片树林被锯倒了，留下一片阳光灿烂的空地，清甜的尘土散落满地。一到夜晚，太阳从温暖的东南部缓缓升起，阳光投射到奔向沼泽的田野，枯槁黯淡的芦苇发出欢迎的"啾啾！"声。白天的时间渐渐变长，从下午到清晨，你都能听到沼泽里的蛙的合唱。这合唱没有音乐的优美，在任何季节它们都爱唱，没有人会赞赏它们。海洛德蛙比大青蛙个头更大，它们持续的合唱更能激发阿里斯托芬（注：雅典最伟大的古典讽刺喜剧作家）的创作灵感：

> 在它们每年的狂欢中，
>
> 你都能听到：呱呱！呱呱呱！呱呱呱！

但是，这蛙鸣使得血液沸腾燃烧了起来。它是动物界里春姑娘来临的信号，即使狐狸和猫头鹰可能在二月才孕育，这也是即将到来的鸟类音乐的前奏，如同臭鼬的出生早在紫罗兰开花之前。三月下旬的月亮，有一张近似人的脸庞，但依然投射出空荡荡的阴影。晨曦，月亮的脸颊渐渐苍白，黯淡无光。麻雀们在灌木丛中挤作一团，它们在夜里轻哼着小曲，在白天欢唱着歌儿。

典型的春夜比黎明和黄昏更加安静。晚祷在落日之后持续一个小时，晨祷在太阳升起之前很久就开始了。即使是午夜时分，大自然的力量依然足够强大，它根本寂静不下来。春天的夜晚和早秋的夜晚大不相同。这两个季节的气温和光影颇为相似，然而，春天夜晚飘溢着各种喃喃吆语。鸟儿们扇动着翅膀，更换着巢穴，昏昏欲睡的忙乱声从一个树丫传到另一个树丫。北美夜莺唤醒了树林，树林里此起彼伏地响起了回音。我们对它的叫声感到陌生，借以歌声，它给万物散播着一种神秘的气息。画眉鸟惊醒了，思慕着月亮和太阳，它们哼唱着悠扬婉转的旋律，受惊吓的知更鸟大叫着"快飞呀！快飞呀！"以示提醒。大绿塘蛙粗鲁地大叫着"呱－呱－呱呱呱！呱－呱－呱呱呱！"。褐雨燕一颤一颤挥动着翅膀，从它们烟囱般的鸟巢里飞出来，仿佛雷电声。小溪和河流如洪水般极速奔腾，汹涌澎湃，好像被树叶挡住的声音就在门口。潮水用响亮的哗哗声来测量着门的高度。

黑暗圈禁了视线，听觉和嗅觉变得异常敏锐。夜晚空气越密集，声音和香气就会越浓烈。如果你开始寻找小猫头鹰，似乎就要从附近的雪松着手，你需要一双神奇的靴子，穿过湿漉漉的牧场。萦绕着门廊的清新香甜的气味从花园里风信子的花圃飘过来。

秋天的夜晚声音很少，香气更少。没有了池塘蛙，海洛德蛙不再窥视，取而代之的是蟋蟀的唧唧声。北美夜莺飞走了，猫头鹰依然还在这里，它偶尔发出的叫声和野鸭，还有鹅的声音混在一起，发出通向咸水湖线路的信号。在这段时间里，渐渐凋零的植被是唯一散发着香气的东西。

月光在暗黑与纯白之间描绘着多么绮丽曼妙的图画！她是万能的艺术家。冬天，她在雪地上刻蚀绘画，刻画出浓重的树影，用细枝雕饰着万物的骨架，解剖着大自然的一切。春天，她改用柔软的中性色调，用墨汁涂染出棕褐色的大地。先是柳絮的轮廓，然后是树叶的外观，接下来，简单地画上树丫，寥寥几笔作品就完成了。五月，苍蝇每晚都在林荫的木香花之间嗡嗡作响。绿草如茵，郁郁葱葱，微风轻抚，花儿张开了紧闭的花瓣，经过露珠的洗涤，美得耀眼，好似皇后的宝石皇冠。疏朗的月辉渐渐深邃，暗影慢慢扩大，成了一幅幅明朗的、真实的、写意的画卷。

戏剧性的夏夜到来了，漆黑一片。树林茂密，黑暗笼罩，没有了理性。空气凝重沉闷，让人毫无睡意。大地形态万千，生灵百态，姹紫嫣红。天空对这美景妥协。月光下这美景影影绰绰，闪电也不时来分享。这时，我们反而不怎么去欣赏月亮了，而是陶醉在这夜色美景之中。

长满叶子的树木倒映在海绵状的阴影里，草地上闪烁的露珠，犹如迷人的湖泊。小树林成了一片暗黑森林，郁郁葱葱的草地成了丛林，猫咪拉长了的影子犹如老虎的身影，蝙蝠像巫婆一样翱翔。巷道显得长无尽头，修剪过的铁杉凝固成堡垒，鸟儿在深邃的水池中戏水玩耍。睡莲的叶子沉沉地躺着，被露水浸润的鸢尾叶片，像骑士的长矛高高升起。青蛙继续断断续续地呻吟，锋利的月辉像探照灯一样斜斜地划过山谷，像是解开了一个谜题。露珠从蕨类植物的叶子上滴落下来，老树桩长时间地躺在地上，夜晚的村庄出现了。吉卜赛人的营地植物茂密，那里有着宽阔的白色帐篷和尖顶的棕色宝塔。在那里，萤火虫漫天飞舞，月光下的小径上，蒙蒙飞扬的细尘中，大蛾子在扑棱扑棱地飞来飞去。

"哦，真不可思议，那是恶作剧的小妖精盘腿坐在蕨草上吗?"

你是否观看过花儿沉睡？在田野里，三叶草像握紧拳头一样紧握它的叶子。路边的鹦鹉豌豆把它的小叶合成一把夹子刀，像极了它的种子荚。如牛眼大小的雏菊把它的头垂下对着日落，但在黎明时分，它又转向了太阳。一大片野紫苑把它们伞形的花柄卷成小束，蓝色的龙胆草闭上了它流苏状的眼睑。

花园里，有的植物沉睡了，有的正在苏醒。罂粟近似于朝圣者的躯壳，就像黄昏的樱草打翻了绿金色的酒杯。野玫瑰的花瓣简单地卷曲起来，单株玫瑰和黑莓也是如此。金盏花将花瓣聚集成一束，坚硬的羽扇花瓣垂坠下来，有时又把花瓣像倒置的雨伞一样向上收起。月亮花，又叫白药薯，张开自己的触须，沿着棚架，开启自己的爬藤旅程。

甜豌豆收缩起来，半开半闭。单瓣的大丽花失去了刚性，几乎所有的花都失去了阳光的刺激，弯着腰，低着头。甚至是蔓生的马齿苋也手掌交叠，祈祷着暗夜的风儿怜悯它那被忽视的领地。牵牛花那宛如酒杯的花瓣出现了，它从夜晚痛饮到清晨。是哪一家水晶工厂制造了它们？它们被藏在尼尼微（注：古代亚述的首都）的珍宝墓里吗？是威尼斯培养了它们吗？还是它们的美貌完全是波西米亚式的？是谁梦想出了它们的造型？是谁为它们染上彩虹的颜色？是谁让它们遵循这样的规律？是帕利西吗？不是！是大自然！是大自然制造了这一切无与伦比的瑰丽，使它们实现了曙身星奥罗拉的誓言。

圣洁的百合花的芬芳浸润了你的全身，金银花的香味与海葵很相似，木犀草嗅起来几乎像一种兴奋剂。玫瑰花圃散落下了芬芳的花瓣，昨日的花蕾在绿枝上懒散地低垂着，只等着太阳慢慢地抚摸。

沼泽地之外，海沙不像白天那样蒙着双眼。沙滩灰暗凉爽，云母在沙滩上闪闪烁烁，沙滩、天空、海水融为一体，灯塔聪明地眨巴着眼睛。一条通向月球的路径，从天空到海水直通到你的脚下。这条路径银光闪烁，吸引着你踏上小路，似乎一切都不存在，整个空间是一条磁性的桥彼此相连。你抬腿踏进海水，暗黑的浪潮看起来坚实稳固，你惊奇地发现，你的双脚竟然能穿过它。你继续前行，水流开始往上爬，你开始在水中游泳向前！穿透茫茫的月光，寒冷和阻力似乎会减弱。这是一个不同的世界，这里只有你自己和大自然，这里只有你自己和宇宙。这时，一艘白帆船在波光粼粼的水面上缓缓前行，打破了刚才的幻境。这时，你又感到了海水的冰凉，夏夜的倦怠。

海风在草地上卷起轻盈如纱的薄雾，它把平原和村庄都笼罩在薄纱般的柔软褶皱中。教堂的尖塔在它的上方若隐若现，远处的小山像一座座岛屿，上面悬挂着千姿百态的云朵，像是羊群和牛群在天空的牧场上吃草，时而跟着月亮，时而又远离月亮！风吹着云朵，云朵的边缘是一圈黑色的晕，阴影中忽隐忽现的像一群往南走的羊群。接着，一群棕色水牛飞跑而过，随后是一缕轻轻的雾霭。一个沙漠商队在地平线附近盘桓而行。大地上，阴影变得越来越清晰，尖尖的雪松也呈现出了奇形怪状，就像多尔描绘的那些流浪的犹太人挥之不去的样子。

夜晚，所有的瞬间掠过，人们各有所感，各取所需。夜晚，身体可以得到休息，心灵可以得到宁静，灵魂可以得到更开阔的舒展。正是夜晚，山坡上的牧羊人看到了伯利恒之星的瑰丽景象。

花园的故事

\\\\\\\\

大自然，在自己的谎言之中，

模仿着上帝。

——丁尼生

"花儿栖息的角落。"

有一个花园和周遭的花园都不一样。在大多数的花园里，花儿都只是囚犯，它们被迫在千篇一律的草坪上编织着花毯，当主人们审美疲劳，感到厌倦时，花儿就变成了花园的主人，但它们并没有真正属于花园，只是被偶尔买到了这里。

我知晓的这个花园浮翠流丹，花团锦簇，充满野性，和培根所描述的花园一样。它出生时，12个月份，每个月都赐予了它一份礼物，而作为回报，花园会为这一年准备一份回礼。现在，花园生得如此娇俏可人，还拥有了一缕魂魄，生出了灵魂。

歌雀也知悉了这个花园，生活在地广人稀的萨萨夫拉斯的斑驳猫头鹰已经把这个花园的事儿告诉了夜鹰。被其他花园赶出来的猫头鹰和知更鸟也来到这里，它们的心怦怦直跳，感受到了来自花园的保护。胆小懦弱的乌鸦知道自己被排斥在外，因为它没有住在茂密茁壮的松林里，也因为同族之间自相残杀而被放逐。乐音婉转的蓝知更鸟，把极顶住宅称为祖传遗赠，每一个春天都重复这个故事。黄莺和燕子在南边的路上窃窃私语，计划着什么，它们回来时，领来了慕名而来的移民们。

岩石上的瓦苇属植物静悄悄地蔓延着，这里，没有冷酷无情的手去阻止它们的延伸。第一枝地钱属植物放心地睁开了双眼，因为冬天还没有人类的焚烧和砍伐的斧头。曾经，我们对令人心旷神怡的花园美景不以为然，从耕种开拓的一隅到香甜柔软的花圃，它们华丽的衣裙免遭了伐木人的戕砍。但现在，我们欣然接受着它们的美丽，人们与花园生活在自然安逸，宁静祥和的氛围之中。

那堵斑驳老旧的墙上盛开着的野玫瑰，羞怯怯地窥视着她娇艳美丽，熠熠夺目的姐妹们，金黄色的玫瑰弯下腰来与五茎树侃侃而谈。这就是花园的发展历程，花园的存在不是偶然的意外。大自然赋予了它生命，它的主人——人类，在一个虔诚目标的促使下，追随着自己的意愿和作为，改造着它，使花园的样子日新月异。

一个人，甚至当他还是一个小男孩时，就感受到了大自然抚慰心痛的力量。某天，在一位年长伙伴的带领下，他疲惫不堪地走在一条路上，猛然看到一个被绞死的强盗。那孩子没有意识到会看到眼前这般场景，他吓坏了，紧张得发狂。一个富有同情心的旁观者试图转移他的注意力，给了他一个先令。小男孩在人群中窥探着一只鸟，他买了一只金雀和一品脱的种子。这是他人生中拥有的第一只小鸟，他完全忘记了刚才对绞死场景的恐惧。他告诉了小鸟自己所有的小秘密，所有的悲伤和欢乐。通过鸟儿，大自然把她温暖的手放在小男孩的心上，轻轻地把他们的心拉向他们共同的主人，他从没有忘记过大自然的抚慰。

这一切都已经是七十多年前的事了。那只鸟曾经使他对平民谋杀案现场的恐惧烟消云散。他的学生时代，长大成人后，鸟儿依然在心中陪伴着他。它的歌声使他一直保持纯洁，引导他走向绿洲。小男孩和小鸟的力量虽然微不足道，但也许会对一些没有生命的东西潜移默化，会使一些厌世嫉俗的心灵坚强起来。所有人在面对人类的局限时都会有厌世嫉俗的表现。

爱来了，又离开。荣誉来了，接踵而至的是失望。又一次，他带着双重目的，转向了自然。不是为了长得好似山羊的潘，而是为了大自然母亲，在她胸前他找到一个神龛，他可以在那里保存他最神圣的思想，并任由思绪飘扬。在一个静谧的地方，人们可以完全放松，在凉爽的白昼中行走，去感悟上帝的宁静。

起初，花园只不过是一片荒莽，无形无状。大自然带有某种动机将事物缠绕在一起，在它成形时，它拥有了灵魂。人们的意志是如此平静而强大，人类给予花园无比厚爱，使花园拥有了今天的模样。

花园的生长并没有受到传统思想的掌控或阻碍，也没有任何约定俗成的束缚来敦促它应该这样或应该那样。它原始的野性并没有遭到粗鲁的破坏，只有在树下踩过小径的恋人才是它的唯一发现者。岩石将它围了起来，荆棘守护着它，雪松锐利的影子记录着时间，地松用摸索的手指触到了地下的潮湿阴暗。

在我之前一切早已发生。但是，我时常听到来自花园的声音，而声音已经把这种感知传递给了视线，一切似乎都是视觉上的。我第一次意识到，日子里充满了生根栽种和蓬勃生长。松树已经把墙壁遮盖了，牛的足迹被拓宽成小径，小径旁的小枫树、榆树和山毛榉也遭到了破坏。一种爱从我心底油然而生，这种爱使四面花园的墙看起来就像是世界的边缘，这儿就是整个世界。

这里没有烦恼，没有外界压力。麻雀躲在灌木丛里，在它和刽子手鹰之间达成了妥协。木画眉发现了它的出没地是一块处女地，而它的敌人——黑蛇也许就再也不能毫无顾忌地吞食它的雏鸟。它提高了嗓音，清脆悦耳地欢唱着"啊！承神之佑！托天之福！"园丁不再观察鸟的飞行，花园仍在续写着它的故事。你会进来吗？除了暴力，大门永远敞开。

八英亩的丘陵地，丘陵中间一眼就能看见一所令人兴奋的房子。主人的品位决定房子的位置。每个房间都洒满阳光，新鲜空气四处流动。屋旁有一口深井，井水沁凉。人们从岩石上钻开了这口井，它是所有美泉的守护神。北极星在天空俯视着它，每晚大熊座的北斗七星在它之上环绕，仿佛要把这股寒冷的气流吹给所有的星座。

房子周围的一片地里，草修剪得整整齐齐。从屋里望去，有花团锦簇的天竺葵、紫薇、向日葵，让人感觉轻松愉悦。再往远望，看到的是高高的树木和飞翔的鸟儿，你不知不觉会随着它们极目远望。但是，无论自然的野性可以给予人多少抚慰和满足，家完全是由人类创造的东西。需要主人持之以恒的经营，收集让家不断变化的东西。广袤无垠的空间给鸟儿们带来更多自信，还有那些经常在耕种时出现的蠕虫也会优化鸟儿们的膳食。

去年五月，年深已久的皇后苹果树把花瓣映在窗户玻璃上，如同白雪因自己的大胆而羞红了脸颊。去年春天，鸟儿在苹果树上筑了许多鸟巢。一只蓝知更鸟发现了一个树结，那里腐烂的植物很容易筑巢。一对胸部有肉桂纹的黄莺，把它们的小巢筑在低矮的树枝之间。这些天我一直在观察这些鸟，它们在窗户角落里飞来飞去，那里还粘着蜘蛛网，蜘蛛也在忙着织网。我以为鸟儿们是在寻觅食物，直到我看见树叶中间黄色的闪光点，我才发现它们在筑巢。八月，我去看了它们的空巢，它们的巢穴是用干草、蒲公英、蚕茧和蜘蛛网筑成的。

知更鸟建了两个窝，它把第二个窝建成新巢，因为第一个窝离道路太近，它的伴侣会因此而紧张。它一直在草坪上窥探着蚯蚓，它在黎明和暮色中美妙地歌唱，它在证明鸟类有不同的声音。即使是同一物种，对歌曲的诠释也充满着自己的个性，就像人类一样。

第四只要建巢的小鸟，红眼睛很像小蜘蛛。起初它很害羞，把鸟巢悬挂在小路边的树上。我来回走动时，它红宝石般的眼睛和我在一个视平线上。它产蛋之后，允许我弯下树枝看看她。几天后，它允许我用手指轻柔地抚摸它的头顶。麻雀不断地给它的小窝添加东西。马匹经过时，它静静地观察着它们，怯怯地从过往的马匹身上衔走几根毛发。最后，还从一张旧床垫里啄出一撮毛，把它的小窝拾掇地舒适温馨。

倘若你想在花园里养野鸟，你要避免这四种东西的出现：英国麻雀、普通园丁、猫咪和枪支。这些麻雀，即使不好战，也是鸣禽的对头，它们之间会有很多争吵；猫毕竟是猫，它会追捕小鸟；用枪瞄准目标会给鸟的地盘带来恐怖的气氛；而园丁，跟他的名字很相称，有时很讨厌，他是大自然的爱好者，也会爱护着鸟儿。园丁希望花园这样，安排花园那样，有时不够灵活，刻板守旧，几乎不容忍任何野生的花儿、鸟儿、树木。他会扫去路径上落英缤纷的柔软松针，并在小径上撒上石粉，铺上粗糙的鹅卵石。他会用小镜子把这些歌唱的鸟儿赶走，他认为最合适花园的鸟是瓷孔雀。

当然，可悲的是，饥饿的鸟儿不能与樱桃、草莓、葡萄和平共处，但是我们也不应该仿效基林沃斯人。我们可以用一点钱从邻近农民那里买到我们所需要的所有水果。但是，如果我们因为鸟儿啄食了果实而生气，吓跑了它们，你用再多的钱也换不来满篱笆的鸟儿。

你还可以种很多嫩豌豆和蔬菜，从地里采摘直接就可以上餐桌，新鲜可口。如果你记住种莴苣时，把每第四个菜头扔给野兔，它们就会在你种菜的时候，竖起黄褐色的耳朵躲在灌木丛下，那你就会很如愿，你留住了它们。偶然，一个崇尚自然的园丁找上门来，你俩志同道合，情趣相投。他是一位年轻的丹麦人，满腹北方传说，多愁善感。他通过辛勤的劳动和灵巧的双手，像绘画般使花园有了灵气。他金发的妻子笑声不断，他们的小女儿名叫鱼尾菊，是一种令人快乐的花朵。他能感知在六月的拂晓，感悟时间从树丛中悄悄溜走，他能分享鸟的喜悦，他生活在真正生活中。

昏昏欲睡的八月午后，鸟儿们静默不语，蝗虫呱噪着炎热。房子后面的日本百合花，娇俏迷人，天竺葵笑红了脸颊，柠檬马鞭草灌木垂下了眼帘。一条小径穿过拱门，拱门前的草地平整光滑，边缘修剪得整整齐齐。四周灌木丛生，生长着一棵高大挺拔的白蜡树。对鸟儿来说，白蜡树是它们的钟爱。它生长在荒野和开发地的边缘，鸟儿把白蜡树看作是它们的穆斯林尖塔，它们对白蜡树顶礼膜拜。树叶还没长出来，画眉鸟在最高的树丫上高歌晨祷，仿佛这样，它会先于它的邻居给太阳送去诚挚的问候。

途中的知更鸟落在了白蜡树上，它们担心偷来藏在其他花园里的食物被发现。彬彬有礼的雪松鸟，相互梳理着羽毛，在成双成对飞走之前，它们会聚在一起晒太阳。另一边，热情奔放的山茱萸舒展着腰身，从春天到霜冻一直蓬勃生长。山茱萸旁是绣线菊、溲疏属、锦带花、丁香花，还有正在开花的木瓜树、草莓灌木，它们层层叠叠地缀满了拱门下蜿蜒逶迤的小径。穿过蕨类植物和月桂树叶，到了倾斜的一隅，一个小小的私家花园，那里的植物被精心呵护，没有遮挡的树木或贪婪的根茎抢夺它们的阳光或营养。

一条小路蜿蜒在松林之间，树林里的黑叶霉菌肆意播撒。这一带的蕨类植物生长茂盛。如果你知道它们的特殊用途，其中大部分都能移植。方圆五英里长的土地大约有二十多种植物。这个地方凉爽而隐蔽，由于排水通畅，土壤干燥，绵马蕨类生长繁茂。这里有两个品种的针茅属，也被称为圣诞蕨类植物，大而厚的叶片像涂了一层油漆。一种叶子是暗绿色的，边缘呈羽毛状；另一种是卷须状的，双重羽状复叶，上面开着芳香的点状小花，它用淡黄色的花边装点着阳光下秋日的树林，如少女般黑亮的头发在逐年生长，卷曲的叶子已经蔓延了两英尺以上。

木头独轮车每进出一次花园，都可能给花园带来无穷无尽的变化！你小心翼翼地把植物从它的家园移植到你的花园。每次看到它从根茎上长出新芽，你是多么欣喜！种下一束蕨类植物，瞧啊！那儿冒出了十几种没有见过的植物——一片山雀藤、一株人参伞形花、一朵风花。再过一年，又长出了鹿蹄草的圆叶子。它们自由自在，三三两两地簇拥在一起，蕨类植物苗圃是一个永恒的谜。许多年后，一些慢慢苏醒的种子会长出新蕾，它也许是稀有的紫罗兰，也许是一株兰花。

我常常从远处的树林里带回一块苔藓，下面有一捧肥沃的泥土。几年后，我碰巧停了下来清理一些枯枝，我惊讶了！苔藓中间长出了一个女王般的暗粉色杓兰属植物，一种印度的软皮植物。它是一种非常不容易移植的兰花，移植的第二季很少存活。它似乎对它的故乡充满着海明威式的悲伤，所以一定要用苔藓携带着种子移植，并且种植在蕨类植物的角落里。

　　你听到那铿锵嘶哑的叫声了吗？——布谷！布谷！布谷！树上有一对黄绿色的杜鹃，胸部灰白，背部的棕色羽毛到了尾巴和翅膀处颜色渐渐变浅，还有它那强有力的喙。它们和欧洲杜鹃没有什么共同之处，虽然不那么漂亮，但很有用处，是我们对付蠕虫的好帮手。去年五月，它们承诺，作为庇护的回报，帮我们清除果园里的害虫，它们履行了诺言。它们日复一日地工作着，肆无忌惮地撕碎了虫卵的薄膜，而不是为了食物。尽管在毛毛虫出现之前，杜鹃对它们来说几乎是陌生人。

　　来到它们那俯瞰花园一角的乡间小巢。小巢筑在雪松枝上，小巢入口周围甜苦参半的葡萄藤是它们的老相识。右边有麻雀的鸟巢，周围树篱郁郁葱葱，足有八英尺宽。麻雀们认为从阁楼到地窖都是它们的地盘，它们觉得很安全，在那儿放放心心地生活着。花园一角面朝西南，几个小时后，你可能会欣赏到落日的美景，花儿多彩熠熠，夕阳更加迷人。这个庇护所是属于黄昏时分的，前来晚祷的麻雀来到这里，画眉穿梭于树木之间。沿着水道往下走是一片草地。它们一起吹奏着长笛和竖笛的二重奏——而蜘蛛则随着黑暗渐渐爬了出来，来回编织着它们的网，一针一线，简直像一份完美的针织品！

在春天的使者还未穿过林地之前，这个花园的一角就听到了春天的呼唤。瑞香花早早地感受到了阳光。三月，獐耳细辛还未苏醒，瑞香花就已经展露出粉红色的花簇，开始蓬勃生长了。阳光照耀着大地，有些地方因阳光照射而雪花消融，甜美的白色紫罗兰常常就绽放在雪中形成凹坑的地方。三月开始，墙角的一隅便每天都有花朵绽放。直到十一月，这里仍有三叶草在摇曳，以作为对整个美丽季节的思念。甚至在冰天雪地里，也有几个花架里盛开着紫罗兰，让人们心中依然春意盎然。

五月的一天，在寒冷荒凉的花园里，花蕾冒了出来。起初它被彩色的外衣包裹着的，紧接着，精致的边缘展露出来。玫瑰开始怒放。盛开之后，大地上处处飘荡着花的甜美芳香。现在，玫瑰树与香味淡雅的秋天的花朵融在一起，令人身心愉悦。

盛放的紫苑花让这里五彩斑斓。茂密的高丽花，毛茸茸的，也打着花骨朵儿，婀娜多姿，从容绽放，让人浮想联翩。菊花盛开之前，花瓣显得很凝重，开始时是天鹅绒般的质感，随后是丝绸般的轻盈。

接着，花园又带来了新礼物——玛格丽特康乃馨，它带来万紫千红的色彩和千变万化的色调，它的花束散发出清新淡雅的花香。木犀草不落俗套，有着自己的季节特点，就像大自然一样，有自己的春天、夏天、秋天，甚至在冬天，它们也可以身着树叶，披着欢快的雪松树枝。

快来吧！和我一起，走到金银花旁边的座位上。右边是一堵绿色的墙。在拱形云杉下面，有条小路逶迤伸向远处。这条小路林荫朦胧，这里有杂乱的山茱萸、红浆果、白色的荆棘、桦树、栎树和檫木。这里是画眉小径。五月，隐士画眉来到这里，十月则回来吃楔形的木兰浆果。在这里，棕色的画眉每天都会叽叽喳喳叫个不停，而木画眉则会耐心地筑巢，橄榄背灰腮画眉则每半年来一次。除了午间小憩外，猫鹊和知更鸟觉得这条小径简直太无聊了，但莺们喜欢在这里栖身，还喜欢这里丰富的食物。

灌木丛之间，小小的缝隙中，长满榆树叶子的秋麒麟和银色的枝条，野向日葵和紫苑正在肆意绽放。转弯前，阳光穿透的地方，你可以看到小路上长满了灌木、雪球花、金银花、柽柳属植物、枸子属植物、小檗属植物等。一片空地上，有一些苹果树下，桑树、桉树属植物和一棵为了鸟类的便利而被种在这里的郁郁寡欢的樱桃树。粗糙的老柳树周围是幼小的山楂树，毛鸟喜欢在那里筑巢。看哪！整个果园的草丛里都是球子蕨类植物，像浅绿色的丝带一般。再过一个月，青铜色的阴地蕨属就会长出来了。

往山上走一小段路，你便会看到松树和云杉。土壤贫瘠，岩石裸露。事实上，就像一些山坡上的葡萄园，花园就建在岩石上，在低洼处才有更多的土壤。这是那些喜欢裂缝和缝隙的植物生长的好地方。常青树长得郁郁葱葱，因为它们有着像抛出锚一样长出根的诀窍。

感激这些常青树，在任何时候，在任何季节，它们都是如此美丽坚韧，保护着人类。冬天，它们身披雪花给大地带来圣诞节的快乐。夏天，在它们的花开季节，先长出粉红色的叶尖，之后便长成青翠葱郁的羽毛状树叶。秋天，它们填补了深秋突然到来的空寂，挥舞着威严的手臂，试图为弱小的生物和动物驱赶寒冷，为它们遮风避雨。冬天，永远忠诚的铁杉抵御着凌冽的北风。苏格兰松红润的树皮散发出温暖，白松从晨雾中冒了出来，从它湿透的结节处摇动着它的宝石——松果。到了秋天，它们就像精灵般的稻草一样落下，给大地上所有的小生物和动物带来过冬的茅草。松树欢快而强壮，即使是小小的幼苗也能刺穿苔藓：

开始，只是一条细细长长的线，
就像美人鱼的绿睫毛，不久
上面可以便可搁一座塔，
它的骨一般坚硬的根，直插在近腰深的苔藓里，
牢牢地四处扎根，
仿佛它们能把大地的心撕成两半，
暴风雨企图把它们连根拔起，
拼命想解开它们的盘缠：
它遮云避月的树枝在风中唱着自己的歌。

在草原上散布自己种子的杜松给了牧场承诺，如同金缕梅给森林的承诺一样。树下小路的一侧，梅笠草僵直的叶子笔直挺拔，甚至直到现在，水果还红扑扑地挂在鹧鸪藤上。沿着三级石阶走上去，到毛茸茸的山核桃

树中间坐下休息。从树枝之下凝神远眺，景色恢宏辽阔，巍峨壮观。在这个栖息之地，鸟儿是你的邻居，红松鼠从树枝纵身一跃落到屋顶上，花栗鼠从地板上的洞穴窥视你，你如果闯入它的地盘，它便发出威吓的吱吱声。

十月，坐在这里，你可以看到树叶随着轻柔的微风翩翩起舞，如同水的涟漪轻轻划过。闭上双眼，你可以聆听到树叶的飘零，落入缓缓荡漾的微波之中的声音。春天，岩石上长满了秋葵，黑色的桦树用花粉给它们镀上一层金色。

你往下看！这里有花园的眼睛，也是花园的心脏，那就是池塘。生机勃勃的春天滋养着它，仿佛给大地镶上了翠绿的宝石。鸟儿最喜欢夏季可以饮水的地方。八月是干旱的季节，许多池塘和小溪都干涸了，这个池塘还保持原样，只是边缘收缩了一点点，露出了油田草和慈姑的根茎。洁白的睡莲在水面上摇曳，有的已经衰败，有的还在绽放，似乎不愿意在这么美丽的时刻闭上双眼。尖利的旗叶闯入了池塘边缘，高大的紫萁属欣赏着自己在水中的倒影。王妃花身披羽状的叶子，像是神秘数字十三。肉桂幼嫩的叶子像包裹着毛茸茸的羊毛，蜂鸟和莺把肉桂的茸毛衔到自己的鸟巢。池塘周围是岔路、沼泽或空地。

潮湿地之外，成百个金红色花穗闪闪发光，熠熠生辉，那是新移植的植物，那是大海的花园中野蛮的黄色流苏兰花。它们现在完全适应了这里，它的昆虫朋友找到了它们，它们自由生长，如同在原生态沼泽中一样。

另一片兰花在枫树下花团锦簇，大株黄色的兜兰属植物，被称为法国的圣母院之花。在其他几处地方，小拓威叶片植物在六月开出了紫绿色的花朵。

看哪，鸟儿们在色泽光滑的石板上，欢腾雀跃，沐浴梳洗！显然，有些鸟儿一天要洗无数次澡。一只大变色蛙漫不经心地游着，蜻蜓轻轻点着水，来回飞舞着。一只疲惫的狗，在高速公路上跟着一辆马车跑，毫无顾忌地来到池塘，痛饮了一番。

橡树、枫树、栗子树遮天蔽日，树下悠然宁静，一番美景，而在六月，这里的景致更加迷人。阳光下，牛眼雏菊在幽谷中翩翩起舞，鸢尾属植物在高大的草丛轻轻摇摆。

在云杉的拱顶，但丁的石像矗立在岩石之上。温柔的蕨类和苔藓使他严厉的外表变得柔和，他从人类命运的角度出发去审视整个世界。一缕阳光从他的脸上掠过，就像比阿特丽斯的思想照亮了他，但丁的嘴唇似乎有了温度，他看起来像是在说：

"你们都是恨不得离开这里的人！"

事实上，这句短短的话语连接着天堂和地狱。

沙沙作响的翅膀

\\\\\\\\

羽翼纷飞的轻盈国度，

百鸟齐聚，

啼鸣雀跃。

它们谈论着如何壮硕，如何聚集，

如何排列，如何穿行！

它们时而悠然漫步，

时而惊作一团。

——《阿里斯多芬尼斯的鸟》（弗里尔译）

"蓝知更鸟的住所。"

树林里的燕子们发出了鹩哥到来的警示，或者警示说鹩哥已经飞来。鹩哥们聚在树上，叽叽喳喳，燕子们的神经受到了强烈的刺激，逃离至沙丘，那里没有回声。

那是九月的第一天，我在沼泽边缘收集着海生薰衣草，那里的海生薰衣草逃脱了割草机的收割。杨梅和沙李丛柔美轻盈地摇摆着，它们弯着腰，沉重的金色丛尖没来由地抖动着。

出于好奇，我翻过旧栏杆向那儿蹑手蹑脚地走去。荆棘丛挡住了去路，所有的野草都用它们那绝望的小小种子紧紧地抓着我。燕子从灌木丛中飞腾而出，扑棱着双翅，像螺栓一样，而后四散开来，滑翔了几百米，飞翔的羽翼震动着空气。随之而来的像强烈振动的烟雾，这样的蝴蝶效应直到它们渐行渐远才消失不见。然而，在夏天接连不断的美妙篇章中，这只是惊鸿一瞥。

九月如约而至，我们从来没准备好品尝秋的滋味。

夏的自由奔放使身心得到放松和舒展，空气依然柔软，青草郁郁葱葱，满眼都是绚丽的色彩和斑驳的光影。肌肤和毛孔都湿润润地自由呼吸着，身心荡漾，自由自在。大自然，从没打扰过我们，她让鸟儿发出一条信息——一个小小的温馨提示——在一棵树举起代表警告的红色旗帜或在一阵寒冷空气的呼吸使得肌肉收缩之前，让我们为接下来的光景做好准备。

在这时光交替的间隙，季节的低潮开始了。那是正午，人们几乎察觉不到。春天，人们的注意力从形容枯槁的枝干上转移到鸟儿身上，而后又重新回到树上，因为鸟儿被层层叠叠的树叶掩盖了。在这个属于大地的中间季节里，大灌木丛逐渐衰败凋零，大自然再一次把目光投射到鸟儿身上，这些流浪的吟游诗人们要为即将观看这一切的人们演一出喜剧，一部社会学的戏剧——名为"理想中的鸟类共和国"。

当鸟儿们变得羽翼丰满，凌空翱翔时，它们的小伙伴——树叶——飞快地追随着鸟儿们的飞翔脱离树枝，毅然飘落，因为它们知道自己的保护将不再被需要。沙丘上，九月的阳光娇柔和煦，明媚的初夏迎来了树林中的燕子。我们观察着，静静地等待着。当一只只春天回来的鸟儿身披华彩羽衣在我们周围欢呼雀跃，翩翩起舞时，我们欣喜若狂。有些鸟儿在夜晚保持着飞行，有些鸟儿在黄昏时分停下来歇息，成群结对，三三两两，或者是散乱地聚集在一起。此时，所有群落之间的纷争都涣然冰释，所有的社交礼仪都烟消云散。澄蓝色的天空和金黄色的太阳缱绻缠绵。在沙丘上，在水面上，在水烟边的潮汐池上，折射出微微闪烁的绿光。矶鹬在沙滩上喋喋不休，留下了它们一串又一串锋利的爪印。树林里的燕子呢喃细语，开始了表演，海浪哗啦啦击打着序曲。我躲在沙李子树后静静地等待着，看一看接下来的故事。凌空飞过我头顶的那一群鸟儿分成两拨，两次彼此靠近，而后又分开，最终稳妥地栖息在周围，只留下微微振翅声和徐徐风声。一切安静下来，连我手中拿着的一串淡紫色海生薰衣草也恬静羞美，沉默不语。

最让人吃惊的是，鸟群会不假思索地维系在一起。春天，鸟儿们独唱着，声如银铃，洋洋盈耳。如果你听觉敏锐，你可能会发现在同一个物种中没有两只鸟儿的音调完全一样。有些鸟儿，比如，歌雀，它们的歌曲主题各不相同，甚至令人难以辨析它们的身份。它们独自追求自己的伴侣，除了一两个流浪汉外，都建立了独具风格的鸟巢。只有从它们的羽毛上可以区别它们的性别和群落。秋天，这些东西变得不再重要。它们自身的特性在某种程度上相互融合，它们在寻找庇护所和食物时被共同的本能支配着。

燕子们未曾进食，只是叽叽地叫着，紧紧地抓住小树枝，竭力保持着翅膀和尾巴的平衡，像极了士兵行进时驻足停留的样子。它们休息了三四分钟，然后，再次欢腾雀跃起来，飞过我的头顶，翅膀的拍打声感觉像是投掷小鹅卵石的啪啪声。

我花了三天的时间观察它们，最后得出结论，所有看似无用的向前飞行和向后飞行，实际上是弱小的燕子不知疲倦的训练的初始，是它们旅行的演习，是一种笨拙的例行训练。第一天，一些掉队者从柱子上掉落下来，一些燕子依偎在灌木丛里，犹豫不决地啁啾着，但是第三天，它们成了真正的燕子，漫天飞舞。

此后，一场东方的狂风暴雨疯狂肆虐，沼泽地被淹没了。九月七日那天，我再次去了海滩，看见一只在半空中两次失去猎物的鱼鹰。这时，一堆金属色海藻似乎在我身后移动，我着实吓了一跳。我看到一群燕子排成直线腾跃而起，临风滑翔，而后转弯，从南角处向西面俯冲，贴水疾飞，这应该是它们最后一次排练。

很想知道它们是否在长岛逗留，因为如果它们一旦开始了漫长的南行之旅，它们就要夜以继日，日复一日地飞行，鸟儿们的旅行大多始于早晨十点左右。

与此同时，在燕子重新出现的日子里，紫色的鹩哥又出现了。它们继续在牧场觅食，数量与日俱增。八月末的沉寂之后，它们尖刻刺耳的声声呼唤也没有令人反感。更确切地说，大自然的大门，为阳光和夏季敞开的大门，尝试着拉起它那生锈的铁链，尽管它不愿意关闭。有一件激动人心的事情，经过一番忙乱和转变之后，一群鹩哥依偎着枫树停落下来，然后在地面觅食。它们对任何一种常青树都十分警惕，枫树是为数不多的例外。年复一年，我一直在观察着它们，这里被松树、云杉和雪松层层环绕，这些鸟儿鲜有从这些树木身旁经过。太阳为鹩哥暗淡的外衣裹上了一层流光溢彩的彩虹色。它们从下面看起来是黑色的，但它们在地面上行走时，阳光照耀在它们的脊背上，折射出紫色、蓝色和绿色的光芒，金色的光圈形成了焦点。即使是在秋天，人们也不认为它们是贪婪的玉米毁灭者。我在刚刚耕作过的田里看到了一群鸟儿，那里土地肥沃，而且是酸性的，充满了有害的蛴螬和蠕虫，鹩哥们开始了它们的工作。一个星期以来，它们都在啄着虫子，狼吞虎咽，消灭了大量的害虫。

候鸟迁徙的范围似乎是一个悬而未决的难题。它们是在筑巢后向北飞行，秋天归来，抑或是鸟儿们只是躲到森林深处然后再出现呢？根据我的调查，在康涅狄格州的东南部，许多鸟儿在八月迁到北部和东部，大迁徙来临前返回它们的栖息之地。

或许是幻想，但我相信我能分辨出那些筑巢的鸟儿和从别人花园里飞来的鸟儿，它们时常带着儿女们出行。在那些允许我观察它们的鸟儿身上散发着一种更友好的东西，它们栖息在我最中意的地方。当然，它们应该对未来充满希冀，而不仅仅抱着短暂过渡的心态。有很多鸟儿只有在迁徙的时候才能见到。名单自上而下密密麻麻地写满了这些鸟儿的名字，上到大福克斯麻雀，下到红冠戴菊鸟。

两只鸟儿让我猛然想起了解释此情此景的关键：一只雄性的知更鸟背上长着奇特的白色斑纹，好似清透的白霜粘在了它的羽毛上，猫鹊弯曲着前爪，靠着脚裸蹦蹦跳跳。鸟儿们温驯谦和，它们在人行道附近筑巢，于是乎，我和它们的友谊亲密无间。八月初，我非常想念它们。九月的第二周，经过残酷恶劣的天气之后，一天清晨，我从一群知更鸟中瞧见了我的那只白色羽毛较多的鸟。大约一个小时，它在花园里四处窥探着，怀着一种刨根问底的神气，仔细勘查它不在的时候花园到底发生了什么变化。

另一天，我们在梨树的树干上挂了一串串半熟的葡萄，等待着，观察着鸟儿们会不会来啄食。许多猫鹊已经来了，一如往常，不同的是，它们忘记了歌唱，寒冷干燥的夜晚使它们的喉咙变得僵硬。猫鹊们第一个发现了葡萄，知更鸟随即而来，它们把葡萄带走，在闲暇时光中尽情享用。门廊的屋顶上，我认出了我的老朋友，它的爪子是弯曲的。

秋天的天空，色彩缥缈虚幻。地面升起的淡棕色薄雾环环缭绕，给美丽的景色蒙上了一层面纱。成年鸟儿们吟唱着，如果这几段跌宕飘逸的音符能称为歌曲，它拨动着我的心弦，时时撩动着我的回忆。一阵笛声从杂草缠绕之间跃然响起，思绪戛然而止。"如果那是六月，"我说，"我知道这里是窃语的藏身之处。"橄榄色和黄金的隐士一直就在身边，不时地轻声呼唤着，仿佛它自己也不过是回忆的低声阐述。然而，幼年鸟儿们，用它们嫩嫩的微微颤音来装点着绚烂妖娆的秋天，这是春天狂喜的预言。

山谷或房屋附近的灌木一隅，花园的亭子里，或者春天的石头，这些也许是最好的地方。走近它们，周围的环境熟悉了你，接受了你诚实的意图，你就可以在不引起任何惊慌的情况下四处观望。你可以侧耳聆听这个季节里雏鸟们的咿呀学语，新生儿喉咙唱出的第一个音符。这些音符是如此地新鲜和稚嫩，如此地甜蜜和淳朴，完全不带感情色彩，像孩子们天真烂漫的对话，就像它们稚嫩的羽毛一样。它们羽毛未丰，很容易将它们与它们经验丰富的父母区别开来。它们不那么胆小，以一种漫不经心的方式注视着一切，它们的小身子圆圆的。

老鸲鹟现在沉默不语，它们似乎从六月里欢乐的同伴转变成了挑剔的厌世者。你听那颤音，低沉而犹豫。但是，其中一只幼鸟告诉了你，明年五月它将如何歌唱。和秋天的鸟群相处几天，你就会知道音符的呼喊来自于年长的鸟儿，歌曲的片段大多来自于年幼的鸟儿。而这音乐，如同秋天的果实，与其说是离殇，不如说是序曲。

九月十日那天，金色的黄莺出现在一株喇叭藤上，还有六只幼年金莺四处飞腾而过，小嘴里呢喃着什么。同一天，白胸鸭在春天的大白橡树上爬上爬下，表演了许多杂技，脑袋朝下，用刺耳的啼鸣赞扬着自己。它的呐喊，和松鸦的尖叫比起来不值一提，人们容易把它和那些衣着光鲜的"小偷"联系在一起，因为它们的回归季节几乎相同。

眼下，鸟儿们按部就班地飞来。清晨，飞来了一群栗色的麻雀，棕色鸫鸟随之而来。过一小会儿，你就能瞧见红眼雀，随着节奏蹦蹦跳跳。还有别的鸟儿比这只鸟儿更适合这个词吗？在当地，我们叫它罗宾，它潇洒的轮廓，清晰的羽毛，独有的标记，还有那千篇一律却令人心怡的调子。

九月中旬，斑鹟们在枯死腐烂的榆树上享用了一场饕餮盛宴："国王鸟"尽管无所畏惧，却保持着最遥远的距离。东菲比霸鹟，群落中唯一自带音符的鸟儿们，纵身一跃，散落在梨树上。昆虫们在掉落的果实上爬上爬下。大凤头鹟，自持着一种漠不关心的神气，小心翼翼，谨慎地追随着国王鸟的飞行足迹。北美小霸翁鸟，有着白色的眼圈，灰绿色的脊背，它啾啾的叫声是最合群的，它静静地凝望着苹果树。它胆小的表哥选择了喇叭藤蔓作为有利的位置，模仿着白木柴鸟，低声地嘀咕着。许多天以来，这些鸟儿以别出心裁的方式吸引了我所有的注意力。它们每个人都选择一个单独的觅食点，一旦被打扰，它们又折回到榆树上。它们用这种绝对的方式控制着周围的气场，气场既包含了大地又囊括了水源。它们飞掠过水面，接着似乎是在游泳，小屁股歪歪扭扭，像是在地上奔跑。二十五日这天，它们都消失得无影无踪，除了东菲比霸鹟和几只姬鹟。第二天，一群山雀和雪鸟占据了它们的位置。

黄昏雀鹀，是著名的草雀，它动如脱兔，身手敏捷，尾部上扬着两根羽毛。在丛林的衬托之下，雪白的羽毛显得更清晰动人了。灰暗的晨光中，我留心到了它的归来，除了它的白色条纹，它那灰色的形体也许已经不再那么引人注目了。

树叶变得越来越稀薄，这样就更容易观察啄木鸟。红头啄木鸟昨天在这里栖息，今天，它们又在房子附近那棵弯曲的苹果树上盘旋。黑白相间的啄木鸟是鸣鸟的一种，比鹪鹩稍大一点儿，温驯谦和。我朝它走去时，它才会飞离。它栅栏里的朋友，纯棕色的啄木鸟，以一种奇怪的步态，绕着树干一圈又一圈不停地走着。我跟着它走，它会啾啾地对我说，"你不要跟着我。"在花园里，即使是候鸟也会变得亲切友好。

最腼腆的啄木鸟似乎觉得这里的法律是反对它们搞破坏的。它们来到这儿，在一棵将死的苔灰色白蜡树上栖息了一整天，多毛啄木鸟与绒毛啄木鸟非常相似。多毛啄木鸟个头较大，头顶有一片红色。金翅啄木鸟从未离开过它的巢穴，它飞行笨拙，犹如一只鸽子般沉重。

它们成群结队地飞来，熙熙攘攘。每一群鸟儿都好似在重新编制新英格兰鸟类学。除了燕子，目前还没有集体迁徙。香柏鸟再次成群结队地旅行。今天早上，我观察它们将近一个小时，它们成群地待在白蜡树下，这是我在春天里第一次见到它们的地方。去年冷峻恶劣的极端天气使它们从十二月飞离，来年四月才归来。幼小的鸟儿有一种拘束独特的表情，有着稚嫩的绒毛和柔软的羽毛。

十月的一天骄阳似火，就像是在八月。天芥菜在花园里盛开，杰克玫瑰惊奇地张开了胭脂般红润的嘴唇，小猴告诉它们这不是六月。蝗草鸬从北方带来了豌豆鸟已经起程的消息。一只蜂鸟在树荫下飞来飞去，它已经做好了准备。向东飞行和向北飞行都会遇上大风。海水的气味很刺鼻，尽管在牧场上有温暖的黄色灯光，海浪在海岸上发出了声声警告。

夜是沉重的，星光寥落。风一阵一阵地吹来，下了一阵暴雨。黎明前，东南方有一片暗淡灰色的云，像潮湿的木头在熏烧。夜晚的暴雨从山谷漫延到了花园，重重地打在树篱上。秋季迁徙的高潮到来了！年年月月都有不同的天气，鸟儿们常常悄然离去，暴雨会把它们像浮木一样推到波峰之上。

希腊人有他们的春燕之歌，为什么没有人给我们谱一首秋鸟之歌？但是不要悲伤的歌，要轻快现实的喧闹。

先去看哪儿呢？知更鸟在草坪上熙熙攘攘，丛林画眉鸟在紫色的玫瑰丛下梳理羽毛。一群大黄蜂落在结有浆果的山茱萸上饱餐，山茱萸随着黄蜂的雀跃而摆动摇曳。小径上生机勃勃，美丽的白喉麻雀和那些善于交际的毛头鸟在一起叽叽喳喳。

一件事常常会引起一连串延绵不绝的思绪？白喉麻雀的轻柔叫声是我从小就记得的第一只鸟儿的声音。五月，从久留的城市里归来，我的心因被压抑的渴望而膨胀。我站在小车站的台阶上，火车的到来打破了寂静。我再次闻到了泥土的芳香，听到的第一个声音是麻雀热情的欢迎之歌。我敢肯定它在慢慢地说："哦——我亲爱的！你回来了！你回来了！"它很高兴我回来了。我暗自思忖它这段时间待在哪里，它是否像我一样经常哭泣。在那些日子里，我想象着这些鸟儿爬进了常青树的树丛里过冬，当春天再次来临时，它们才飞了出来。

蓝知更鸟在为它们新建的哥特式旅馆周围盘旋了很久。它们窥探着每个房间，争吵着，争夺着公寓，好像春天已经催促它们去建造了。花园的下方，有一座古老的果园。鸟儿们和树枝有着千丝万缕的联系，它们无所谓树上是结着青色的苹果，还是弯着腰的花蕾。一棵树被秋天的暴风雨夺走了树叶，它伸出了一根树枝，花苞点缀着枝丫，一只贪婪的绿鹊肆无忌惮地享用着花蕾。它依附在这里，好像这棵树专门为了它而开花结果一样。所有的鸟儿都自由自在，它们饥肠辘辘，或许是饥饿使它们无所畏惧。它们轻蔑地盯着那些在与它们保持着距离的松鸦，它们在春天里曾被松鸦威胁，它们全力保护着鸟蛋，而现在体格强健的雏鸟已经能够自我保护了：

旋转吧，旋转吧我的车轮！万物生灵即转瞬即逝：

蓓蕾很快长成新叶，

新叶很快走向腐烂；

东风吹，西风迎；

知更鸟巢穴里的蓝色鸟蛋们

很快就会拥有翅膀，喙和乳房，

很快就会振翅飞翔。

橄榄色背的画眉鸟，也叫橄榄背画眉，在小径上雀跃，它们试图大胆一点儿，但又没有信心。我路过时，一只画眉鸟没有跑开。五月天，正是这只画眉鸟在熏烧的叶子烟雾上唱歌使我们沉醉的吗？

如果我们知道这一切，知道我们每次到这里看到的一切该多好！旅程如此短暂，在我们还没有完全适应这里，我们又该离开了。如果能像鸟儿一样，我们愿意把另一个季节的歌声铭记在心里。

正午，夜莺在空中盘旋，六月黄昏时它们也是如此。棕色的莺朝着太阳飞去。猫头鹰在夜色越来越暗时，从树林深处飞来了，它们停留在河边。我们扔了一块石头到灌木丛里，吓坏了一群黑鸭子。

鸟儿一只一只地飞走了，直到鹩哥和晚祷麻雀也飞走了，最后只剩下一只麻雀在歌唱，很快冬季的鸟儿又要来到这里。

在花园附近的尖顶夏季屋子下，一对知更鸟一直生活在去年冬天的冰天雪地里。白天，它们在松树上避雨，在灌木丛中觅食，把浆果捡得干干净净。然后，它们来到栖息地，飞进鸟巢，整个冬天就靠金银花的果实过冬。如果它们过冬前先吃了这些果子，冬天可能会被困死饿死，所以，它们一直在外努力工作，在巢里储存了很多食物。

帷幕缓缓落下，吟游诗人消失了，蝉翼搁下了小提琴，萤火虫掐灭了它们的蜡烛，开始这一切的燕子正在佛罗里达州聊着她们的新闻呢。

秋天的收获

\\\\\\\\\

在那里，

她日日夜夜编织一张魔毯，

色泽鲜艳，令人愉悦。

——《夏洛特夫人》

"苹果成堆，牛车把满载的苹果运去榨汁。"

大地与太阳喜结连理，生下了四个女儿，并向女儿们吐露了编织她们衣裳的秘密。冬天是大女儿，她安静恬淡，穿着貂皮斗篷大衣，戴着北方的皇冠，两极星星的星光折射在她的冰上，熠熠生辉。北风在她周围阵阵嘶吼着对她的爱。她纺织着保护睡眠的雪布，猎户座在她的身旁观看着。春天是小女儿，是太阳和大地的掌上明珠。纤细的新月帮她束起金黄色的头发。她有一双水汪汪的大眼睛和好奇的眼神，好似天空中无霜的深潭畅饮着晴空。她柔软的身躯包裹在母亲的呼吸形成的温暖薄雾之中。她随性编织着一件柔软的绿色长袍。长袍的皱褶中嵌着雪花和紫罗兰，长袍的尾部诱惑着美丽的小鸟。小鸟拽住长袍，但又不被约束，它们自由地欢唱着，音乐从拖在大地上的长袍皱褶中飘逸出来。她长袍上系着宽宽的腰带，上面镶嵌着点点黄金，红宝石搭扣是用钻石雨滴做而成的蜂鸟。她第一次触摸躲在深深的地道里的鼹鼠时，鼹鼠一下就振作起来了。春姑娘来了，在她悠扬婉转的歌声中，她的生机活力飘浮在空中，敏捷的鹰感受到了它的苦闷。即使是远离自然，犹豫不决的人们，也会敞开大门，睁开他那疲惫倦怠的双眼，寻找绿色的田野。

夏姑娘体态丰腴，双唇饱满，金黄色的头发上戴着玫瑰花冠。她甜美静谧，安然自得地坐在阳光下，她的配偶——南风，为她扇着风儿。她织着一件重磅真丝长袍，长袍上飘逸着浓郁的香气，富裕而奢华的色彩，如同和蔼可亲的大地即将披上的新衣。在她的臂弯里，在她的臂膀上，堆满了成熟的麦穗，那是她给孩子们的面包。

秋姑娘，是一个任性妄为的女儿，她偷走了姐姐们的心情。她嫁给了东风，却嘲笑讥讽他，而且，轮流引诱着南风和西风。她常常为了完成别人的工作而埋头苦干。她把果仁和苹果摇落下来，把结出的香甜的葡萄拿来酿酒，但她没有属于她自己的专属工作。只要她的手指一触碰，万物都燃烧起烈火，它们生命的血液在燃烧中枯竭。她吟唱着断断续续的曲调，回声就像落在蟋蟀的嗡嗡声中，沉默的鸟儿们在恐惧中黯然离去。她看上去美若天仙，然而，她的脸上依旧留下了岁月的痕迹。

灰蒙蒙的眼睛，宽大的鼻孔，太过鲜亮的嘴唇，所有的一切都象征着激情燃烧的灰烬。她一只手拿着诱人的果实，另一只手牵着她的使者——两条消瘦的猎犬，黑霜和白霜。她必须为她的母亲织一件华彩动人的长袍，让她能在夜晚享受短暂的欣喜。但即使她把衣服渲染得无比绮丽，只要衣服从她的指尖滑落到地，任何色彩都会消失殆尽。

许多天前，秋姑娘穿过了低地，把她的织布机安置在磨坊里。她整天在野外，去填满她的滑梭。夜晚便不停地编织，织物在每一个黎明来时千变万化。她初次到来时，把丝线系在池塘边缘灌木丛的缠结上，藤上的大红色花朵顺着藤茎往上攀爬，走向灭亡。千姿百态的金盏花铺满了草地，道路两旁也充满了金盏花的欢声笑语。它们沿着小路，组成方阵，直到遇上干燥的山丘，才打破方阵，变得越来越矮小。接着，在一个花园的外墙边排起比肩接踵，浩浩荡荡的队伍。它们欢快地越过屏障，饥饿的根部在继续向下伸展。能点物成金的希腊国王迈达斯肯定在某天离开过冥界，在北方的土地上漫步，用他那金色却贫瘠的手指触摸过这里的野草。

弗吉尼亚的爬藤，也叫五叶铁线莲，沿着磨坊攀爬，时而又垂落在地上。秋姑娘抓住了它，作为她编织长袍的第一缕丝线。爬藤随处蔓生，如蛇一样的卷着树干，捆绑着栏杆，粘着在粗糙的荆棘上。然后，变成深红色、红色、黄色，最后变得苍白，直到沉沉入睡。这时，树干才放开手让她走，而它们最终也枯萎了。低矮的池塘里的枫树夹杂着枯枝，但由于长得更结实，暂时还不会枯萎。一两周后，它的叶子变得火红，顶上的叶子先褪色，然后渐渐向下，一层一层地枯萎，在渐渐褪去的生命血液的轨迹上，只留下了骨架。那些生长在水中的柳树，在池塘的边缘与黑色的杂草混在一起，使河岸变得粉嫩嫩、黄澄澄的。

　　佛罗里达的山茱萸丛比肩接踵，从济济一堂的树木和灌木中脱颖而出，独树一帜，如同英国画家贺加斯的一幅素描。它也许可以被称为一棵善良的树的过去、现在和未来。鲜艳的叶子可以看作是过去服务的徽章，鲜红色和棕色的浆果可以看作是为朝圣的鸟儿们奉上的一场珍馐盛宴，精心包装的花蕾覆盖了整个季节的生长，用它们方形的包裹遵守着对来年春天的承诺。它们展开白色旗帜时，将会与霜冻休战，并告诉农夫，可以放心种植印第安玉米了。

这段时间里，南风带着夏天的热情尽情地吹着。只在黄昏的露珠中，才会感到一丝凉意。看到这一切，那嫉妒的东风追随着迎面扑来的潮水从海洋上赶来，带着厚重的盐雾刮过沼泽，用瓢泼大雨拍打着大地，与树木碰撞在一起，直到它们裂开缝隙，把柔韧的树枝压弯到地面，把那僵硬的、老掉牙的树枝撕成碎片，把那些劣迹斑斑的苹果吹落，把长满了成熟玉米的田地弄得一片狼藉，在耕耘过的山坡上留下粗糙的沟渠，使河水迅速上涨，使河水在磨坊周围肆意冲刷。秋姑娘浑身湿透了，疲惫不堪，沮丧不已，她的长袍也被浸湿了。直到东风耗尽了它的熊熊怒气，她才去掉织物上的污渍，将长袍收藏起来。秋姑娘背对着南风，一路向西寻找着避难所，颤抖的大地变得干涸。仅仅一周，往事历历在目，历历涌上心头。

近期修剪过的草地上，潮湿的纹理用新鲜的绿色丝带勾勒出了古老的生长痕迹。春天的道路和宁静的小溪河岸庇护着紫色的含苞待放的龙胆。它们是洋溢着神秘气息的花朵，木质的狮身人面像，使这里更加静谧，万籁无声。蜜蜂悄无声息地靠近它们，在花蕊上发出闪烁的秘密信号。那些丛林的叛逆者正在紫色的洞穴里孵化吗？在溪边筑窝，在路边谨慎筑巢？有森林的珍宝吗？还是狡猾的蜜蜂在步步为营，去采集另一种品牌的蜂蜜？

龙胆属植物在秋季杂乱的植物中几乎是独来独往。它们出现时，红衣半边莲和山玄参属的草本植物就会衰退。岸边，小小的山峦覆盖着草地，沼泽地里到处是未刈过的小枝条，保护着沼泽地。穿过小路，可以看到成串的琥珀色葡萄，褐色的葡萄树叶蜷曲着。这里还生长着胡椒树和郁金香树，它们就是这里的森林。草地上，生长着蓝色的流苏龙胆。我们也许会在路边，在河岸的岩石上找到流苏龙胆，泥土里也有发芽的种子，但是它所选择的家园却是那片有脆弱的蕨类植物，有细长的螺旋体和帕纳索斯山的白草所陪伴着的深深的草地。在新英格兰，任何季节都不会有比这更可爱，更独特的花朵了。它给九月带来了春天的珍馐佳肴，那是完全不同于秋天的紫色、黄色和猩红色。

每一种野生植物开花都有固定的季节，这只不过是按常理而言。你寻找龙胆草时，却意外发现了紫罗兰、野玫瑰和草莓花。1851 年，梭罗在 11 月 7 日记录下龙胆草的开花时间。同样，布莱恩在康明顿山丘上发现了龙胆草，在康涅狄格州尽管到了九月下旬，龙胆草仍有一两个星期的开花时间。它的颜色根据其生长的土壤的质量而变浅或加深，它所处位置的阴影或阳光也有所影响。远离绿色环境，它完美的蓝色便带有一点紫色。你如果在暮色中走进浓郁葱茏的林间小路，你突然看见一片金光灿灿的龙胆草，好似一个梦境，仿佛是一次蜕变，从天空中缓缓落下片片轻盈的羽毛，洒落在草地上，而大地把它们变成了花朵。

　　一只松鸦在河边尖叫着，一听到声音，秋姑娘便捡起长袍，修补被风吹裂断的丝线。但是，她可能再也无法使它恢复如初了，因为雨水已经浸透了她尚好的染料上最炫目夺目的色彩。树莓沿着沙滩繁衍蔓延，开始变成深红色和青铜色，然后，在尖端附近变得分外亮眼，变得像钢水碎片一样银光闪闪。黑桦树是苍白色的，而后变黄。岩枫木与之相伴，直到变成金黄色。鲜红的带针橡树有着丰富的珐琅质，而黑橡木则像是被法国勃艮第葡萄酒浸透了。在陡峭崎岖的山坡上，枫叶和山茱萸变成了深深的树莓的颜色，野玫瑰的叶子蜷曲了起来，成了青铜色，她展示着几束闪亮的红色浆果，蔷薇姑娘则戴着椭圆形珊瑚珠项链。

大地上的每一寸土地、岩石和沙粒，都汇聚在了一起。从淡紫色、紫罗兰色、深紫色到白色，丁香花都宣称着九月为它们的节日。它们的美丽使它们在英国的灌木丛中有了一席之地。它们在米迦勒节盛开着，农夫吃鹅的时候，它们在双节上也聚集在一起装饰教堂。紫色丁香花被称为米迦勒节的雏菊，雪白的丁香花都被称为圣洁的天使。科学教会我们一切，但却没有教会我们最想学的，科学试图忽略灵魂，但却让手指在永不熄灭的火焰中燃烧。它聪明地笑着，微笑着说："我们什么也不知道！"如果没有节日和假期，或节日和假期被包装成世界上最幼稚的玩具时，我们会错过多少诗歌？不用担心！因为总会有人在普普通通的路边找到所有的天使！

现在，秋姑娘又一次聚齐了所有织长袍的丝线。黄樟树脱落着它斑驳的枝条，山核桃和胡桃木都已经枯黄了，栗子的毛刺虽然是绿色的，但叶子却已经锈迹斑斑。伏牛花上挂满了果实，紫色的山茱萸也硕果累累。还有白色的野莓、橙红色的南蛇藤、红色的赤杨、鹿蹄草，还有匍匐着的鹧鸪葡萄藤。漫山遍野的浆果缀满每一个角落，它们是怎么逃过鸟儿的魔掌的？心思缜密的鸟儿知道怎样能保留最好的果实。所以，它们能找到浆果时，就能品尝更好的盛宴。渺小的种子、幼虫，以及迟来的蠕虫，它们对浆果爱如珍宝。黄色的鸟儿在向日葵的棕色枝头上徘徊，这些含油的种子有很多营养和耐寒的力量呢！为什么猫头鹰和知更鸟吃的是酸得令人发指的东西呢？而葡萄树却拥有一群意志坚定的追随者呢？即使是松鸦也不轻易去吃橡子。

九月的最后一天！今天清晨，一群鸟儿扑棱着棕色的翅膀，停靠在南边的铁杉树上，一起梳理着它们湿漉漉的羽毛。忽隐忽现的白色光点，我知道你已经回来了，快活的白喉带鹀！我们希望你所有的兄弟麻雀像你一样，有着白喉身份标志。你连夜飞过来的吗？北方有风霜雨雪吗？你提前回来啦！巨大的冠毛鸟也在这里休息，猫鹊和其他画眉鸟也在这里。昨天，阳光下的一根干树枝上，你可以瞧见一只金冠戴菊鸟。

一群傻乎乎的胖鸟在新播种了草籽的地方安顿了下来了。这是一个色泽混杂，随意组合的群体。只一眼就可以念出它们的名字，"灯芯草雀"和"麻雀"。是灯芯草雀！这是九月中最后一段温暖的日子！它们来得很早，狂风暴雨一定提醒过它们了。走近再仔细一看，这些鸟儿都是灯芯草雀，雄性雌性都有，还有一些雏鸟，都穿着麻雀部落的衣裳。

十月来临，秋姑娘加紧编织长袍。她四处奔波，有了全新的设计。现在，一个夜晚就能织出大量绚丽缤纷的色彩。昨天，沿着高地河岸的枫树一眨眼全都变红了。今天，篱笆周围的夜色变黄了，光滑的漆树涂上了一层额外的清漆。一种从树的枝丫和树干发出的声音，像是树蟾蜍。池塘里的青蛙沉默不语，泉水叮咚叮咚地响着，沼泽地变成了树木的住所，蟋蟀日夜唧啾。黄昏时分，一群小鸭像燕子一样飞快地扑腾到盐湖中，它们羽毛未丰，可以看到它们闪闪发光的绿色羽毛。

没有琨玉秋霜，但是，秋纱却越过围墙，漫入花园。在此之前，秋姑娘只是不经意地一瞥。鲜红的鼠尾草火辣辣地燃烧了起来，它们把羽毛状的大丽花戴在头上，神色忧虑地对着旱金莲花树篱点着头。最受青睐的菊花微笑着，它们看起来很清楚自己被盆栽保护着。马鞭草在低洼的草地上安然舒适，康乃馨和更壮硕的玫瑰则告诉流浪的紫罗兰："不要怕，到冬天我们警觉一些就是了。"金银花毫不在意，梨树怀抱着鲜嫩的新芽和簇簇花束，仿佛要在动物世界里交配。两只蜂鸟停靠在藤架上休息。它们是从哪儿来的？它们的群落在九月中旬就消失了。它们是否记错迁徙的时间了，它们是不是认为把蚜虫和蜂蜜作为食物能撑过它们接下来的长途跋涉呢？

翠鸟和蓝鹭在附近漫步，云雀在海滩草地上潜行。穿越陡峭的山坡时，矮小的荆棘丛中，看见一只棕色的画眉正在啄着坚硬的黑蛇蛋壳，它浑然不知这蛋里孵出的将是它的天敌。

果园的第二次统治即将开始。五月，她用鲜花为它加冕，而现在又用丰硕的果实来装饰花园。美丽深深嵌在了苹果的肌肤里，从它的质地纹理，光鲜的色泽便能知晓。黄褐色带有微绿色脱皮的苹果，吸引着苍蝇，看上去像古旧的装帧书封面的颜色。鲍尔温苹果，就像上等的摩洛哥纹皮。奔放热情的红苹果，就像詹森绘画中的撞色风格和对维纳斯的礼赞。这些苹果的颜色更加丰富了杰拉德草本志。花园里不同深浅的绿色，像是用金子做的，有不同的角度、不同的曲线、不同的花色，足以丰富格罗里埃式装帧的草本志。而科布登·桑德森可以要求将他的花园工具做成金叶舞影的图案，没有比这更美的图案了，因为这是基于对北方大量实地考查的丰富资料。

苹果在农场盛会的画报中占据了主要位置，尽管其他成堆的农产品有更大的利润，如：大块的牛肉、洋葱、胡萝卜和萝卜。还有南瓜，它们在玉米秆中露齿笑着。虽然苹果被蛾子和铁菌追逐着，但我们的祖先却一直认为是最明艳动人，清新爽口的果实。每一个秋天我们都能一睹它们的风貌。苹果被采摘下来，堆积成堆，剩余的被摇落，牛车把满载的苹果运去榨汁。人们咀嚼着苹果，发出清脆的声音，可口的果汁使人们心情愉悦！苹果是我们每一个人的好朋友。

苹果磨坊的一边倒塌了，用粗糙的栗子板修补了一下。磨坊修建在潺潺溪水之上，一年到头只有一两个月派上用场。屋顶爬满了藤蔓，盖满了苔藓。磨坊的另一边屋顶干干净净，房子也很新，用来做了邮局和乡村商店。溪水流下来，冲到轮子上，轮子带动磨盘，碾压着苹果。果汁喷涌而出，而后在稻草层之间的石头上涂上厚厚一层。周围蜂群云集，一切都娴熟有序地进行着。牛在吃草，磨苹果汁的人懒洋洋地工作着，或者坐下来咬着麦秆，而路过的人们则可以用麦秆随意地品尝这佳酿，或者用破旧的杯子喝着混浊的苹果酒。几个男孩，挽起裤腿站在水里，腿都冷红了，把木桶漂来洗去，将其清洁干净。

田野、果园、树林的气味扑面而来，与酵母的发酵气味相混合。琥珀色的液体喝到胃里，还感受不到它会使人兴奋，只会让人有些发腻。但是，假如给它时间，它会使酒鬼脾气变大，迷醉酒鬼的头脑，它比诡计多端的香槟都还要有劲儿。糖枫树叶飘落下来，发出窸窸窣窣的声音。溪水、蜜蜂和风一起吟唱着一首乐曲，这是从五月开始的果园乐曲的最后一个乐章。我们为秋天的健康干杯！为四季的健康干杯！为所有的天气干杯！让我们的心永葆青春，铭记我们的大地母亲！

一转眼间，没有迹象，没有预兆，只有钢铁般的白色天空令人生畏。温暖的中午突然变冷了，没有风，一片寂静笼罩着低洼的大地，令人毛骨悚然。磨坊旁，绿色迷雾从枯萎的植物中缭绕升起，飘浮在池塘上，停留在没有水流的池塘边，慢慢散开。秋姑娘的梭子从她发麻的手指和织好的袖子间滑落。她白霜猎犬的皮带滑出手时，隐约可见白霜猎犬跑过草地。它整晚奔跑，呼吸着野草的味道，它穿过草地，践踏青草，抚摸着长满青苔的石头和树皮，它呼出的气息还带着白霜。它走了过来，穿过花园，但是它的力量已经耗尽，它只轻嗅了一下缬草和锦紫苏的边缘，它们就没有了神采。拂晓时分，白霜变得厚重，蒲公英花在阳光下闪闪烁烁，熠熠生辉，叶片成熟了，也散落了。

第一次霜冻过后，沉睡与苏醒之间的一段金黄间隙接踵而至。大自然成熟了，熟透了。秋姑娘几乎屏气凝神，唯恐织物会消失。但她还是相信长袍不只是个美丽的幻影。随之而来的是一部哑剧，谢幕前的芭蕾舞插曲。美丽汇聚，天气变幻无常，大地充溢着色彩，夏日欢快的鸟儿置身于清醒的多米诺骨牌阵里，时而不语，沉浸在它们昔日的过往。棕色的水里漂着落叶和花瓣。落下的树叶在草地上翩跹起舞，风筝和蟋蟀弹奏着它们的小班卓琴，松树亦随之鼓掌应和。多么妖娆美丽！梅迪奥拉的茎呈螺纹状，是双层的，淡黄色与粉红色交相辉映，上面结着蓝色浆果，每一根茎都有独到之美。假荞麦用它结出的籽覆盖住了篱笆，给毛蕊花属植物重新穿了一层衣服，让人以为是毛蕊花又开出的一种新花。各种浆果与变成黄色的蕨类植物交相辉映。

篱笆现在正处于最佳状态。我们没有修剪篱笆上的荆棘，上面缠绕着常春藤和茂盛的木本藤蔓，倚着斑驳旧墙向上攀爬，粗糙的石头保护它们免受割茬的镰刀的伤害。犁过的田野里留下了漆树、芳香的桤叶树、甜润的草甸、沙棘、白刺、山茱萸、矮柳、盛放的覆盆子和野玫瑰。路边还有杨梅、向日葵、土木香和榛子，上面都坠着累累果实，这一切把新英格兰的路旁点缀得美丽迷人。这些篱笆多美呀！它们是那么令人惊喜，从春光明媚到白雪皑皑，它们都是那么美丽。就是到了冬天，金缕梅也还在舞动树枝。秋日里的篱笆为收割后的田野画上了一抹色彩。起风了，鸟儿在空中盘旋，树叶随风摇摆。

十月中旬到了，整条道路都活跃起来。生机勃勃的贝特在笑，蓝色的亚麻在石缝中绽放，蟾蜍亚麻生长在砾石河岸上。锈色的杂草、西洋蓍草、三叶草、牛眼雏菊，虽然是干草季节，还是仍然充满活力。毛蕊花植物在每一种废物中都能茁壮生长。栗子毛刺熟透了，从茂密的树间掉落，把它们的果实扔在木酢浆草上。毛刺金盏花给沼泽地镀上了一层金。秋天的小麦有两英寸高。草莓在开花，苹果酒已酿好，坡上的苹果树已开出花朵。大自然发挥想象，展示所能，对人类的智慧嗤之以鼻，嘲笑人类的预言家和日历。

十月来临，农夫立刻拿出他收藏的炉子，放在客厅里，在里面放上一堆原木，以慰藉他在夏天辛苦劳作后的生活。初秋的黄昏，空气寒冷，一切家务都围在炉火边做。炉火发出淡淡的光，平平淡淡的一天就这样过去了。大自然用绚丽的色彩、馥郁的清香、氤氲的热气把每一种感觉都描绘了出来。燃烧着的原木也触景生情，吹起了小调，早在它们还是幼苗时就窥视沼泽地里的青蛙，学到了这一技能。燃烧的原木上的松果把它们的芳香添加到火焰中，透出森林的芬芳。如果我们闭上眼睛，思绪就会涌向粉红色的囊状蜈蚣和隐士画眉鸟。

黄金时光没有几天，风又再度回归。低沉的风，从东方传来尖厉的呻吟，继而北方的阵风又随之而起。十月仅剩下两天了。今晚风会减弱吗？丝毫没有减弱！它呼啸着，肆虐涤荡。星星闪闪发光，风似乎把星星和大地之间的面纱撕开了。

又是一个刮风的日子，风自北向西吹，风力亦有所减弱。今晚会有霜冻，会冻死一些植物。园丁给紫罗兰花架系上腰带，用草席盖在苗圃上，把狗舍周围包裹起来，尽力防止霜冻造成危害。农夫的妻子把她的天竺葵收进屋来，放进旧的锡罐里，把南门廊里的朱顶红、仙人掌、灯笼海棠都收了进来，放在厨房窗户最暖和的地方，从棚子里把苹果拿进来，铺开晾干，把西红柿留作种子，用一条旧被子盖在参差不齐的菊花上。

四时许，风渐渐消停了，却把它的凛冽留在空气中。空气清新透明，可以看清远处所有的小山，看得见水上涟漪，听得见潺潺水声。十二英里的长岛海岸清晰可见。树枝发出阵阵声响，松鸦发出敲击式的声音。哦！它们正在采着坚果。它们把橡子从红橡树上搬到一个空心的檫树那里。松鼠咯咯地笑着，看上去很聪明。气氛并不轻松，一切都可能随时发生变化。你显得躁动不安，你不能进屋去。夏天的花园伸出它的手请求你不要离开，虽然它的手已经冰凉，失去了血色。

亲爱的花儿，去睡觉吧，你们的灯光就要熄灭，但是你们做得很好。你们用极具说服力的语言从花园里传递出许多信息。你们用你们的心一直包容和滋养着许多脆弱的鸟儿，你们把你们的快乐洒向人间，安抚了悲伤的人们。孩子们亲吻了你们，你们让孤独的心充满了快乐的回忆。而你，亲爱的玫瑰，你在大地熟睡时为她遮掩着乳房，你的芬芳在我们早晨醒来时仍然会弥留在门廊。不论你是根茎，还是球茎，还是种子，你的倩影我们一直记在心怀。

旱金莲花在低洼的地里，松开手吧，你舌尖再锋利也救不了你。康乃馨，你很有勇气，但只会延长一场徒劳的挣扎。康沃尔，你的杯子是用来接甘露酒的，经不住冰雹的击打。只有你，忠实的忍冬，还挂在花园的墙上，尚未开放。当你香草芬芳的花朵开放时，浓密的叶子和坚实的浆果将为冬季鸟类提供庇护和食物。我们称你为花园的皇家旅馆，你热情地接待了不知多少鸟儿？不知有多少小鸟爪子在你的入住登记簿上签了字？临时和长期住户都有，多产的鹪鹩是长住客，一季生了三窝雏鸟。知更鸟只是暂住，住下来看看草莓和醋栗是如何成熟的。黄莺只是停下来搓一根绳子，拴在你的枝条上，用于摇摆它的吊床，晚上，晚祷麻雀来了，面对着落日的夕阳，倾吐着心中的歌。你热情好客，接受任何请求，为鸟儿们提供茅草旅馆，直到新的蓓蕾重新生发。这时到处是你盛放的花儿，你已经变了，开始干枯。大自然总是顺其自然，顺理成章，从不让死亡伴随痛苦和刺激。鹰抓住的鸟不会感到疼痛，它的痛苦会被一种有目的催眠力所扼杀。

悄无声息，一切在慢慢改变！西南方，天空是一片明澈的红色，透过金色褪成蓝白色。月亮高挂了许久，挥洒着逐渐清冷的月光，清新的空气有些刺骨。秋姑娘在磨坊旁边干什么？她形容枯槁，抖抖索索，她的长袍正在滑落，她的梭子在她颤抖的手指间变形。她解开了黑霜猎犬的皮带。你快跑吧！黑霜猎犬一路狂奔，向着河流、高墙、藤架，没有什么能阻挡得了它的破坏！

第一天清晨，满地草木枯槁。翌日却出现了霜花，这些霜花将它们的仙女般的花朵撒落在了天芥菜上。树皮和茎之间的汁液冰冻了，在太阳的照射下又膨胀了，第二天夜晚变成结晶，弯弯曲曲，沿着树皮的纹理覆盖着树干。

秋姑娘的魅力正在消失，她华丽的长袍磨破了，撕碎了，随风飘走了。长袍的碎片四处飘荡，点缀了荒芜的田野。接着，东风把它战栗的伙伴从织布机上卷起，嘲笑它的空虚。一个吉卜赛孩子，捡拾了些许柴火，把扭曲的梭子放在她的包里。磨坊主把枯叶耙走，以免把水槽堵住。枯叶堆得很高，一把火就地烧了。乳白色气体混杂着烟雾，透过火焰，我们可以看到我们称之为印度夏季的海市蜃楼。

冬日情怀

\\\\\\\\

在此，或许我应驻足，恭敬地鞠躬，

向大自然和人类心灵的力量。

——华兹华斯

"十一月，最后一头牛走过，酒吧也不再开放，牧场年复一年流传着同样的故事。"

整日都在刮风，整天都在刮着灰色的风！风横扫寒冷的天空，把大地吹得像珠宝一样晶莹剔透。风扫遍地球的每个角落，把湿气吹得烟消云散。整日都在刮风，整天都在刮着灰色的风！风将林间小道掩埋在枯黄的树叶下，甚至从倔强的山毛榉上卷走了残枝败叶，就像乌鸦从残骸上撕下了最后一块食物。

风在斑驳的沙滩上旋转着，掩埋了青铜色的海草、闪烁的贝壳、甲壳动物的残骸、随风飘移的柴火、涉水者的足迹。大海退潮时，浪花发出哗啦哗啦的声响。风召唤着沙芦苇：芦苇的茎秆已长得又细又长，它们用尖锐的声音回应着，时而嘶哑，时而无语。

风拍打在沼泽地上，黄褐色的草被吹弯了腰，风吹过后再也直不起腰来。风吹过小巷，吹过盐土草地——最后，招来了邪恶的灵魂：毛刺金盏花的鬼魂、水杨梅的鬼魂、三叶草的鬼魂，还有鹅草的鬼魂，像是肢体不全的女巫在空中飘浮，随着你的苏醒，尖锐的爪子紧紧钩进牛皮，不断地在里面抓挠，或是坐着带翼的扫帚在高空飞行，开始了永久的旅行。灌木丛在田野的边缘慢慢燃烧着，灰色的风旋转而至，最后，熊熊大火吞灭了燃烧的灌木丛。灰色的风，忙碌了一整天。太阳落山了，夜幕降临，它这才停歇。它肆掠地驱赶着北方牧场吃草的野山羊，最后给大地的寒冬留下一片金银剔透的皑皑白雪。

冬日的清晨。死寂的季节会有清晨吗？这里没有死寂的季节。人们说她是夏天、秋天或冬天，但是大自然对她的行为并没有设置固定的界限，当她脱掉外套时，她并不会死亡，只是把力量汇集到自己身上，为新的努力养精蓄锐。大自然只知道两个变化，努力向前和向后撤退，在两者之间有一个恒定的转变。我们把第一个称之为新生，第二个称之为死亡，它们神秘莫测，难以捉摸。大自然给自己留下的是温柔的渐变，万物从诞生到死亡都是循序渐进，没有明显的突变，犹如棱镜的色彩，将青春岁月的结束和年迈时光的开始衔接得毫无痕迹。我们给每一件事物赋予属性，并让它们永久恒定，生生不息。没有真正死寂的季节。再厚的积雪，也总有啄木鸟在冷杉树上讲述着传奇故事。再厚的坚冰，下面也有暖流涌动。再死寂的季节，当永恒的春天到来时，爱也会让它充满生机。

夜里，落下了第一场雪，浅浅的，温柔地庇护着刚刚从雪地里冒出的芽苞，让它们免受寒冰的摧残。雪花飘落，漫天飞舞，不紧不慢。雪花从夜里轻柔地开始落下，太阳睡了个懒觉，透过云层打着哈欠，还没决定是起床呢，还是再打个盹儿，只留下它苍白的头发在云枕上散开。最后，太阳屈服了，薄雾再次包裹了它。

多么沉寂宁静！寒冷甚至锁住了声音的波动，新下的一场雪给回声都裹上了围巾。打开挂满霜花的窗户，透进来的空气带着湿漉漉的颗粒，像钻石粉末刺痛着喉咙和鼻孔。黄色的光线覆盖着雪地，不是阳光也不是来自太阳方向的光，而是一个沉重的折射光。铅灰色的天空向东逐渐变浅，大地的景色随之改变，万物都没有阴影。雪地友善安宁，积雪不深，似乎哈一口气就能融化，它就像一个魔术师，把一切都写上了快乐冬天的字样，它是寂静季节里最好的诠释者。当大自然安静下来时，它愈加显得静寂无声。

一阵轻轻的叽喳声响起，一群白腹灯芯草雀从藤架上盘旋而起。鸟儿急需食物和窝巢，它们在人类住所周围盘旋往来，那里有深深的门廊，门廊上爬满常青的金银花，花园里还有藤架，有小松林、冷杉、铁杉、还有金钟柏树篱，这就是真正的生命之树。霜雪埋葬了所有其他的食物来源，不要忘记撒一把荞麦、燕麦或面包屑给这些小小的跟屁虫。我们所庇护的这些小房客是多么可爱啊！它们用敏锐的眼神，温暖的心期待着我们。山雀不怕人，它们左顾右盼，进进出出，与松雀和五子雀在树枝丫杈间捉迷藏时，人类伸手可及。它们非常友善，乐于交际，与人类亲密无间。

出来吧！来到天空之下。北风在云中撕开了一条口子，太阳高兴地钻进钻出。雪已经从冷杉上掉落了下来，照亮了冷杉的影子。雪地就像一块平板蜡，上面刻着风蚀的树影。锋利的草叶穿过洼地，雪已融化的小水塘边露出了溪边小径。在这样的时节，万物已显露身影，大地的曲线已清晰可见。树木展示着强壮的肌肉筋腱，岩石披上了色彩鲜艳的地衣，在光秃秃的树干间若隐若现。现在，常青植物（如长青树、蕨类和藓类）开始扬扬得意地统治天下了。壁炉旁的圣诞树犹如冬天的心跳。它的伙伴在树林里也让外面的世界有圣诞节一样的感觉，它们伸出爱的手臂，让勇敢的小鸟来栖息，松树上挂满了松壳覆盖的松球，犹如一个个锥形谷仓，为小鸟提供充足的食粮。

草地上，生长着成群成簇的松树、云杉和冷杉。野地里，雪松亲密地簇拥在一起，远远看去黑乎乎的。地面上的灌木丛，看上去像很少见的渡渡鸟的巢穴。

灰色的冬天，你没有鲜花也没有歌唱吗？也许是这样，但这里有音乐和色彩，因为冬天的音调和其他季节一样很鲜明。如果你像在春天、夏天或秋天里那样每天去找寻，你会不断地发现一种新的美，一种新的惊喜。在十一月下旬和三月初之间，你可能会看见超过三十种鸟，虽然不是在同一天或者在同一个月，但它们是按照食物和气候的变化依次出现。雪花飞舞的时节，是灯芯草雀的季节，在最寒冷的时节，是大大小小的猫头鹰、雌鹰、乌鸦、松鸦和伯劳鸟的季节。知更鸟、蓝知更鸟和歌雀会在和煦的天气陪伴我们。当金色戴菊盛开在成群的啄木鸟领地时，紫雀、交嘴雀、金翅雀、红胸䴓鸟、山雀和冬鹪鹩就飞来了。在盐土草地上，地上和岸上飞着云雀、野鸭和野鹅。留着麦茬的地里，可看见鹌鹑，也许在稀松的树林里，还有一些野鸽子。

沿着小路走到山坡上，风绕着山盘旋，直到卷起的尘土把路盖起来。在这条小路上，五月的时候，野苹果树上会开满繁花。冬天给人的第一印象是一片昏暗。薄雪给通往石墙的道路铺上了一层地毯。沿着这条小路可以看到，烟色带籽的黄花枝和用野胡萝卜枝筑建的窝巢上都积着薄薄的一层雪。大门边，灌木丛上星星点点的浆果闪着珊瑚色的光，门头上飞落着几只鹌鹑，这里到处是绚丽的色彩。鸟儿漫不经心地走着，有时大步流星，像极了穿着暖和衣服的小男孩们在雪里嬉戏玩耍的模样。一路上坑坑洼洼，深蓝色的石头，在严冬的扎染下变成了锈褐色，更为眼前这幅光景增添了一抹色彩。左边的田野里，有一串串野兔的足迹！野兔一蹦一跳，时不时蹲坐在雪地里。小路穿过灌木丛和篱笆，野兔沿途扔下了一路的萝卜块，萝卜块被啃得残缺不全，就像这里曾经办过一场萝卜盛宴似的。

空心乳草已长出分叉，草尖像纤纤指尖指向天空，黑紫色浆果在蒺藜青翠欲滴的丝叶上闪烁。它似乎更像一种金属，而不是任何有生命和有机的东西，一旦它紧紧抓住你的衣服，你就会陷入它的魔掌。奸诈带刺的铁丝网一定是受这种蒺藜藤的启发而制作的，它的钩子能牢牢钩住肉，捕鸟人会在那里挂上他的诱饵。难怪捕鸟人用蒺藜藤编织猎网时，鸟儿还安心地在上面叽叽喳喳地闲聊。

后面，有一片深红色的漆树浆果，尖塔形的树枝和甜苦参半的红色果实悬挂在雪松顶附近。像是有什么东西在那里飞舞着，不停地啄着浆果。不一会儿，雪松鸟出现了，它长着黑色光滑的喙和肉桂色的冠。茂密的绿色树枝发出一阵骚动，也许来了别的什么。冬季，鸟类很少飞远，就在鸟巢附近觅食喂养雏鸟。它们似乎无声地说道："我们数量很少，让我们拥抱在一起吧。如果雪掩埋了我们的食物，我们就飞到人类的住所，他们会看到我们，会喂养和保护我们。他们也许会猎杀大猫头鹰、鹰或野鸭，但他们很少会伤害我们，因为我们是国王的吟游诗人。所以我们爱人类，如果没有他们，没有他们的房子，没有他们的花园，没有他们的果园的庇护，鹰和伯劳鸟就会战胜我们，在树林中我们就不敢像在树篱中般自由歌唱。"

狭窄的小路上几乎没有鸟儿，这里有红浆果桤木和蒺藜，这些植物的种子并不都是鸟儿们的翅膀播撒的，还有幽灵般散落的紫苑种子。野玫瑰的茎叶发出红色光芒，仿佛新的血液已经在流淌。覆盆子是粉红色的，它开出了珍珠似的小花朵。穿过盘根错节的灌木丛，白桦树用斑斑驳驳的白色树干开辟了它们的道路。郁金香树杯形的种子荚在风中像拨浪鼓一样格格作响。我们朝前望去，在那郁郁葱葱的栗树后面，还有橡树，它的灰色树干向远处伸展。

果园弯曲的铁黑色树枝上，松鸦叽叽喳喳忙碌着，它们在寻找冰冻的苹果。小路上结了薄薄的一层冰，有的地方冰破碎了，有的地方被轮轴辗成了锯齿状。小路对面有一棵栗子树，多年前被砍伐遗弃，现在被真菌和地衣蚕食，慢慢溶解为土粒。沼泽边上，长长的猫尾巴旗植物已经结籽，挥舞着羊白色的毛，仿佛迷路的猫摇动着尾巴正在等待着它的主人。

小路下方，细流滴落在石头上，从石头间流过。绿色杂草在细流底部摇摆，就像它们在盛夏那样摇曳着。你把手浸在水里，水的温度寒冷刺骨。在灌木丛下，地松是香香的，茂密成群的苔藓就像微缩森林。脆弱的蕨类植物已经消失，但强壮的海葵属仍然枝叶挺拔。苔藓种子饱满，成群成簇，哪里没有草就在哪里茁壮成长。泥炭藓覆盖了整个沼泽，杯状的地衣填满了岩石的裂缝和粗糙的树木空隙。

停下脚步！看！墙边的金缕梅在一束阳光里露出了金边。路过时停下脚步，倾听金缕梅讲述冬季花开的故事，那垂暮之年里的青春故事。

蜿蜒曲折的小路通往山顶。十一月，最后一头牛走过，酒吧也不再开放，牧场年复一年流传着同样的故事。一群乌鸦刚从牧场里飞了出来。远处的一块地，边缘清楚，成堆的玉米秆看起来像是印度某个村庄的帐篷。田鼠进进出出，发出沙沙沙的声音，乌鸦则时刻保持着警惕。在农舍空旷处的边缘，一群乌鸦在那里栖息，它们红色的冠和灰白色的羽毛使它们看上去充满活力。用石头堆砌的烟囱里飘出的烟似乎发出诚挚的邀请，窗内伸出的天竺葵发出亲切的问候，有人家把花儿转向自家玻璃，好像试图数清有多少个行人走过。沙哑的棕色牧羊犬的吠叫听起来像是高兴的人儿，它以最谦卑的态度弯曲着背部，摇摆着尾巴，仿佛在说，"我要为我的生活欢叫，但你知道，我是真的很高兴见到你。"

这就是家，就像住在树林边缘的人们按的手印。夜晚，窗外的光线会穿过黑暗，打破黑暗，驱散黑暗，正如创造者（上帝）的眼睛在虚空中闪闪烁烁。找到了住所，就找到了鸟儿。雪花鸟雪白柔软的羽毛染上了一层秋天黄叶的颜色。加拿大鸸绕着一棵梧桐树低头走着，一只鹤鹬从柴堆中露出了脑袋。不一会儿，太阳又穿出了云层，你可以听到雪花轻柔地飘落在栅栏上，"白天，白天，白天"，山雀唱起了歌儿。不一会儿，我们到达了山顶，一切尽收眼底。周围是如诗如画的冬天。水的声音是灰蓝色的，沿途带入水中的杂物给它染上了不同颜色，它的色调与令人激情澎湃的风一样，五彩缤纷。这儿看不见船帆，甚至一点烟迹也没有。两座灯塔直立在礁石上。新月下，潮水悄悄地爬上沙滩。小溪口，圣玛丽的钟声沉默着，海鸥掠过，浮在水面上，又振翅飞起，停落在长长的沙洲上。接下来是村庄，光秃秃的榆树坐落在各式各样的房屋之间，这是这块土地的最边缘。东边，高高的烟囱吞吐着火焰和灰烬，这是一个由工厂组成的城市，烟雾遮掩了塔尖。

　　看看这些烟囱，尽管它们打破了人与自然的和谐，但我们必须要穿衣吃饭。我们不可能像梭罗一样，在白橡树林中就能找到生活的甜美。冬天，大地光秃秃的，人类的需求出现了，同时也加强了对自己的控制。人与自然相互依赖，不是相互独立，这就是创造。人类需要大地，大地需要人类不断进步。

小山丘一直延绵到我们脚下，绕过村庄，又合拢在一起。山丘连绵蜿蜒，一直伸向远方，直到被天空遮掩。附近有农场，山坡上也有农场，还有屹立在地平线上的农场，还有所有和平鸽的白色翅膀，这一切都尽收眼底。

　　最后，太阳突然冲出云层，落在一片壮丽恢宏的景色中。从这里看过去，这里没有冬天，只有绚丽的光彩和一个虚幻的世界。雪变成了紫色，云潜下了地平线，太阳在西南方，现在已经达到它的冬至转折点。

　　这是冬天的结束，还是一个更清晰的开始？风呼呼地吹着，松顶发出浪涛般的声音，蓝色的松鸦消失了。猫头鹰还待在它的住所，山雀悄悄飞来了，并且欢乐地点着头。这个水晶般的转变是一年中浑浊的暮年，还是又一个懵懂童年的开始？这都应该以金缕梅为标志，金缕梅是不可战胜的希望之花。用心灵去感受大自然脉搏的跳动，就没有冬天，也没有年龄。大自然用与人类的兄弟情谊去装点大地的美丽。白发般的霜雪不是面容衰老，冷酷无语的仆人，而是一个炼金师，胸前带着的隐形圈标志装着它的整个计划。

　　福尔摩斯博士刚过70岁生日时在一封信中写道（该信未公开发表）："这是一种说不清楚的感觉，像是一个人到达毗斯迦山山顶，偷看到了盘旋在约旦周围的迷雾。我觉得布莱恩特在他70岁生日时已经老了，看不见了，但是现在请祝福我！为什么，当诗人说'60岁加10'是什么意思？想想丁尼生、想想格莱斯顿、想想迪斯雷利，在英国骑着马的那些健壮的老家伙们——想想老拉德茨基——想想一切可能想到的——哦，还有托马斯帕尔！还有亨利·詹金斯！当人们发现自己被逼入一个快速缩小的角落时，就是这样的感觉，就是自己这样自言自语的。在那里，那些驱赶者——那些聋子、那些无情的岁月——终于逼近我们，我们浑然不知他们被驱赶着。我们向西旅行，地平线飞了起来，太阳回来了，就像当初为《圣经》的约书亚书所做的那样。人50岁时，70岁就像日落。到了70岁，我们发现70岁只不过是一个阳光灿烂，令人愉悦的下午。大自然的魔法比所有的人类魔术师都更加高超。"这就是金缕梅精神，是一年又一年的黄昏守护神。

阴影变得越来越暗，树枝啪地一声折断了，池中的冰也呈现出网状冰纹。远处的水变成深黑色，吞噬了灯塔发出的光芒。烟云萦绕在落日上方，夜晚扣紧了它的睡衣。山雀退进洞里，还在叫："这是白天！白天！白天！"

谨以此书纪念
Do & O

如果爱和黄金能偿还债务

别以为我胆大，

我要通过爱

寻求回报，

从大自然的每一天

所学到的爱

梅布尔·奥斯古德·赖特

1894 年 3 月 18 日

于康恩，华伦斯坦，费尔菲尔德

乔纳森·德怀特·JR